SOUVENIRS

DE LA

COMTESSE DE MONTHOLON

SUR SAINTE-HÉLÈNE

PUBLIÉS PAR

Le Vicomte DU COUËDIC

SON PETIT-FILS

EXTRAIT

DU CARNET HISTORIQUE ET LITTÉRAIRE

Avril — Septembre 1898.

PARIS

AUX BUREAUX DE LA REVUE

59, Avenue de Breteuil.

—

1898

SOUVENIRS

DE LA

COMTESSE DE MONTHOLON

SUR SAINTE-HÉLÈNE

SOUVENIRS

DE LA

COMTESSE DE MONTHOLON

SUR SAINTE-HÉLÈNE

PUBLIÉS PAR

Le Vicomte DU COUËDIC

SON PETIT-FILS

EXTRAIT

DU CARNET HISTORIQUE ET LITTÉRAIRE

Avril — Septembre 1898.

PARIS

AUX BUREAUX DE LA REVUE

59, Avenue de Breteuil.

—

1898

SOUVENIRS DE LA COMTESSE DE MONTHOLON [1]

I

Après Waterloo.

De retour à l'Elysée, Napoléon vit se réunir autour de lui ceux de ses dévoués qui étaient à sa portée. Le général de Montholon avait un double motif de s'y rendre : il était aide de camp et d'ailleurs connu de l'Empereur, depuis son enfance, par la liaison qui avait existé, dès 1792, entre la famille Bonaparte et la sienne. L'Empereur devait donc s'attendre à le voir parmi les fidèles qui lui restaient.

Dans ces graves circonstances, les besoins du moment détournaient de leur service ordinaire les officiers de la maison de l'Empereur. Les uns allaient siéger aux Chambres, où, à défaut de leur épée, leur voix pouvait encore défendre leur maître. D'autres n'étaient pas revenus de l'armée.

Puis l'isolement, précurseur des catastrophes royales, commençait à se faire sentir. L'Elysée devenait chaque jour plus désert. Le général de Montholon se trouvait obligé de faire, non seulement son service, mais celui des absents.

L'Empereur, debout la nuit, suivant sa coutume, s'aperçut que c'était toujours lui qui se présentait pour recevoir et transmettre ses ordres.

Mais avant d'aller plus loin, je dois dire un mot des anciennes relations de la famille Bonaparte avec celle de M. de Montholon.

---

(1) La comtesse de Montholon, née Albine-Hélène de Vassal, a laissé des fragments de souvenirs sur le départ de Napoléon en 1815 et sur le séjour de Sainte-Hélène. Nous devons la communication de ces notes précieuses à M. le vicomte du Couëdic, son petit-fils. Celui-ci nous a même laissé espérer que, dans les archives de sa famille, il retrouverait le complément de ces souvenirs qui, tels quels, n'embrassent que les années 1815-1816.

Vers la fin de 1792, M. de Sémonville (1), nommé ambassadeur à Constantinople, s'étant embarqué à Toulon, sur la frégate *la Junon*, mise à sa disposition par le gouvernement, reçut l'ordre de se rendre en Corse, pour y attendre ses dernières instructions. Il y était arrivé lorsque l'escadre de l'amiral Truguet relâcha dans la rade d'Ajaccio, à la suite d'un coup de vent qui avait causé la perte de la frégate *la Perle* et celle du vaisseau de 1794, *le Vengeur*, qui échoua sur les bas-fonds de la rade d'Ajaccio.

A cette occasion, l'amiral Truguet pria M. de Sémonville de lui prêter la frégate *la Junon*, ce à quoi l'ambassadeur consentit.

Quelques jours après, cette frégate prit part à l'attaque de Cagliari et y fut démâtée, ce qui força M. de Sémonville à attendre, à Ajaccio, que le gouvernement lui expédiât, de Toulon, une autre frégate, *la Cornélie*, qui n'arriva que six semaines après.

Pendant ce séjour forcé en Corse, M. de Sémonville ne tarda pas à faire connaissance avec la famille Bonaparte qui lui fit les honneurs d'Ajaccio. Il était accompagné de Mme de Sémonville et de ses quatre enfants : deux fils et deux filles. Napoléon, capitaine d'artillerie, était alors en congé chez ses parents. Il se mit à la disposition de l'ambassadeur. Ses frères et sœurs étaient en rapport d'âge avec les enfants de Mme de Sémonville (2).

Les relations des deux familles devinrent bientôt intimes.

Les Sémonville acceptèrent des Bonaparte l'hospitalité à la campagne. Napoléon prit en amitié le jeune Charles de Montholon et lui

---

(1) Charles-Louis Huguet de Montaran de Sémonville, depuis marquis de Sémonville (1759-1839), ancien conseiller au Parlement de Paris, qui fut en dernier lieu grand référendaire de la Chambre des Pairs, à dater de 1814, avait épousé la marquise douairière de Montholon, née Rostaing. M. de Sémonville, n'ayant pas eu d'enfants, adopta ceux de sa femme qu'il avait élevés et qui devinrent ainsi, légalement, *Montholon-Sémonville*.

(2) Ces quatre enfants, issus du premier mariage de Mme de Sémonville, née Rostaing, avec Mathieu, marquis de Montholon, mestre de camp, premier veneur de Monsieur (1754-1788), étaient :

1° Marie, qui épousa le lieutenant général comte de Sparre ;

2° Félicité, qui épousa, en premières noces, le général en chef Joubert, tué à Novi, et en deuxièmes noces, le maréchal Macdonald ;

3° Charles-Tristan, qui devint aide de camp de Napoléon Ier et son compagnon d'exil;

4° Louis-Désiré qui hérita du titre de marquis de Sémonville, son beau-père et père adoptif.

donna des leçons de mathématiques. Il ne se doutait guère alors que cet enfant le suivrait un jour en exil !

Lucien Bonaparte n'ayant pas encore de destination, son frère Napoléon pria l'ambassadeur d'emmener ce jeune homme dans le but de lui ouvrir la carrière diplomatique.

M. de Sémonville y consentit avec empressement, mais les événements s'opposèrent à l'exécution de ce projet (1).

C'est tout cela sans doute qui a donné lieu d'imprimer dans je ne sais quel ouvrage, que nous avons lu à Longwood, que l'Empereur avait été aide de camp du père de M. de Montholon, ce qui est inexact (2).

On conçoit que plus tard, lorsqu'après les campagnes d'Italie Mme Bonaparte vint à Paris avec ses enfants, des relations commencées sous de tels auspices ne furent pas interrompues et devinrent encore plus intimes. Mme Le Clerc (Pauline Bonaparte) passait sa vie chez Mme de Sémonville. Ses jeunes frères, Jérôme et Louis, ainsi qu'Eugène de Beauharnais, furent mis en pension chez M. Lemoine, où était déjà Charles de Montholon. Les jeunes personnes, les jeunes gens ont conservé longtemps, de cette liaison d'enfance, l'habitude de se tutoyer.

Je reviens à l'Elysée.

L'Empereur vint une nuit appeler M. de Montholon, et l'ayant fait entrer dans sa chambre à coucher, il lui dit : « *Mais, Montholon, vous êtes donc toujours là?* » — « *Sire, il le faut bien; tous vos officiers sont occupés par vos ordres.* » — « *Ah! oui! et, dans quelques jours, ce sera comme à Fontainebleau!* » Après une conversation analogue aux circonstances, et pendant laquelle l'Empereur put lire dans un cœur dévoué : « *Je vais partir*, ajouta-t-il. *Tout le monde m'abandonne, et vous, m'abandonnerez-vous aussi?* » M. de Montholon, entraîné par

(1) M. de Sémonville, nommé ambassadeur à Constantinople, fut arrêté en Lombardie par ordre du gouvernement autrichien et détenu en même temps qu'Hugues Maret, à Kuefstein. Voir le *Carnet historique et littéraire* du 15 mars.

(2) Ce qui est vrai, c'est que Bonaparte débuta comme lieutenant dans le régiment d'artillerie de Grenoble, que le comte de Rostaing, père de la marquise de Montholon, avait commandé avant de devenir officier général. Le comte de Rostaing fut employé plus tard à Auxonne en qualité de lieutenant général. Il fut arrêté sous la Terreur et mourut en prison. — DU C.

un élan de cœur, lui répondit sans hésiter : « *Non, Sire.* » — « *Vous me suivrez donc?* » — « *Oui, Sire.* » L'Empereur alors entra dans beaucoup de détails sur la position de M. de Montholon ; quelle fortune il pourrait avoir à attendre de M. de Sémonville, etc... Après ces explications, l'Empereur ajouta : « *J'emmène tel et tel, vous viendrez.* » Quelques questions de détail furent traitées et l'Empereur dit : « *Votre femme, si elle ne peut partir avec vous, viendra vous rejoindre en Angleterre.* » Le lendemain, M. de Montholon était inscrit sur la liste des partants et annoncé comme tel. Il vint alors me faire part de ce qui s'était passé, de la conversation qu'il avait eue et de l'engagement qu'il avait pris. Il était inquiet de ce que je penserais d'une résolution aussi grave, prise si promptement.

« *Ce que vous avez fait est si bien,* lui dis-je en pleurant, *que je ne puis vous blâmer.* »

Du moment où il fut connu que M. de Montholon suivait l'Empereur, ce fut à qui lui ferait des représentations sur les conséquences de l'engagement qu'il venait de prendre. « *C'était,* lui disait-on, *une insigne folie.* » Il compromettait sa carrière, son existence politique..... Il risquait de perdre ce qu'il avait à espérer de ses parents..... Enfin c'était à qui chercherait à le décourager. Rien n'ébranla sa résolution de lier son sort à celui de l'Empereur, et elle a persisté dans son cœur, sans une seconde d'hésitation, depuis ce jour jusqu'à celui où la mort l'a dégagé de sa fidélité.

Les événements se pressaient. Le lendemain du jour où il avait été décidé que M. de Montholon suivrait l'Empereur, on se rendait à Malmaison. Au moment du départ, mon mari dit : « *Je ne puis me décider à vous laisser derrière moi dans un pareil moment.* » De mon côté, j'étais très affligée de cette séparation, inquiète de ne pas partir en même temps ; je craignais des obstacles pour rejoindre et j'avais bien raison.

La grosse difficulté venait de mes enfants dont le plus jeune n'avait que huit mois; je ne pouvais l'emmener, sans parler de tous les arrangements que demande une pareille décision. « *Vous n'avez,* dit-il, *que deux heures pour faire vos préparatifs; il est possible que l'on quitte la Malmaison dans la nuit. Ceux qui suivent doivent être là.* » Ma sœur était absente. Je fus obligée de laisser mon enfant et sa nourrice aux soins d'une amie, et j'emmenai son frère aîné, mais aussi en bas âge. Je pris ce que pouvait contenir un coupé. J'emmenai mon fils, une femme de chambre et un fidèle domestique (1). On était en été, et comme on pensait qu'on irait d'abord en Angleterre, enfant, nourrice, bagages, tout devait venir m'y rejoindre. Je ne pris donc que ce qu'il me fallait pour un court voyage et pas un vêtement d'hiver. Si j'avais pu prévoir que l'on restât aussi longtemps à Malmaison et surtout que l'on ne dût pas débarquer en Angleterre, je ne me serais pas trouvée plus tard manquant de tout ce qui pouvait m'être nécessaire dans un long voyage en mer.

II

Malmaison.

Arrivée à Malmaison, j'y trouvai tout occupé. Cependant on me donna une chambre. Mon fils couchait sur les coussins de la voiture, dont on lui fit un lit. Au déjeuner, j'étais assise en face du pauvre général Labédoyère. Sa figure noble et pâle, son front plissé, son air préoccupé, enfin toute sa physionomie empreinte de tristesse semblait ce jour-là présager sa fatale destinée.

La reine Hortense était comme toujours aimable, gracieuse et bienveillante. Elle allait continuellement dans l'appartement de l'Empereur, et dans un moment où elle venait de le voir, elle dit au peu de personnes qui se trouvaient là : « *Je ne comprends pas l'Empereur; au lieu de prendre un parti, de décider quelque chose pour son départ, il lit un roman.* » Je fus frappée de cette apparence d'insouciance et d'abandon de soi-même dans une aussi importante circonstance. Depuis, j'ai pu juger que lorsqu'il avait l'esprit tendu par quelque contrariété, c'était le moyen qu'il employait au moral, comme le bain au physique, pour calmer et détendre ses nerfs. La Reine était impatiente qu'il n'entendît à rien et ne se prêtât à aucune discussion relative à son départ et à l'imminence du danger qui le menaçait, s'il

---

(1) Ce domestique exemplaire, nommé Pierre Trépier, né en Savoie, mérite une mention spéciale. Entré au service de M. de Montholon, en 1804, à l'âge de 15 ans, il devint plus tard ordonnance militaire de son maître, le suivit en campagne, se conduisit en brave, et mourut septuagénaire sans avoir jamais quitté la famille qu'il avait constamment servie avec une fidélité et un dévouement à toute épreuve. — Du C.

prolongeait son séjour à Malmaison. On venait à chaque instant nous dire que les Cosaques nous entouraient, que le pont était abattu, enfin que le château pouvait être envahi et l'Empereur enlevé, ce qui était vrai. La Reine désirait avec raison qu'il quittât Malmaison. Elle avait laissé ses enfants à Paris et voulait aussi les rejoindre, et rien ne se décidait, et l'Empereur de lire son roman! Cette apparente incurie ne l'empêchait pas de s'occuper des intérêts personnels de ceux de ses officiers qui perdaient tout en le perdant. Des généraux, des officiers venaient lui demander d'assurer leur position. Aucun n'essuyait de refus, quelque fût le peu que l'on avait mis à l'abri. On sait que ce n'est qu'au dernier moment que l'Empereur, ou plutôt ceux qui l'entouraient, pensèrent à ce que l'on emporterait d'argent, d'argenterie, et qu'alors il ne se trouva déjà plus de disponible que les six millions qui étaient entre les mains de M. de la Bouillerie. Ils furent remis à M. Laffitte. On ne prit qu'un seul service d'argenterie, celui qui se trouvait sous la main.

Enfin, jamais on ne descendit d'une si haute position avec un plus parfait et plus noble oubli de soi-même; deux cents millions dus à l'économie de l'Empereur, laissés dans les caves des Tuileries, avaient servi, l'année d'avant, à payer les alliés.

En attendant le départ et quelle que fût l'anxiété de la Reine Hortense, le salon ne désemplissait pas de visites, inopportunes sans doute, mais qui prouvaient le dévouement, dernier hommage de fidélité. Le soir, au milieu d'un cercle de femmes, le général de F..., aide de camp de l'Empereur, dit tout haut qu'il ne comprenait pas ce que l'on faisait là, excepté les personnes qui partaient; il ajoutait avec raison que l'on pouvait être attaqué dans la nuit. Cette sortie était louable en son but : elle eut son effet; beaucoup de personnes retournèrent à Paris. Le lendemain, dans la salle de billard, le même général me dit : « *Est-il vrai que vous partez?* » Sur ma réponse affirmative : « *Vous ne savez donc pas*, me dit-il, *que si un vaisseau anglais veut s'emparer de l'Empereur, vous risquez un combat et de sauter.* » — « *Eh bien! je sauterai*, » lui répondis-je.

Mon parti était pris. Au moment du départ, il m'aperçut dans une voiture. « *Comment*, me dit-il, *vous partez?* » Ce fut la dernière voix amie que j'entendis à ce moment si solennel de notre départ de Malmaison.

III

La Vendée.

L'Empereur, pour se rendre à Rochefort, port désigné par le gouvernement provisoire pour l'embarquement, prit, pour passer incognito, une autre route que celle de ses voitures. Il partit de Malmaison le 29 juin, à trois heures du soir. Deux voitures avaient été disposées pour son départ, mais il préféra la calèche avec le général Bertrand, le duc de Rovigo et le général Becker, qui l'accompagnait par ordre du gouvernement provisoire. Il couche à Rambouillet, en part le 30 à huit heures du matin; le lendemain, il arrive à Niort à neuf heures du soir, loge à la Boule-d'Or; il y séjourne le 2 et loge à la préfecture, où il est accueilli toute la journée par les cris de : « Vive l'Empereur ! » Il en part le 3 à trois heures du matin, pour Rochefort, où il arrive le 10. Pendant le voyage de Malmaison à Rochefort, il était suivi de la seconde voiture fermée, dans laquelle était le général Gourgaud. L'Empereur portait l'uniforme des chasseurs, une redingote bleue par-dessus et un chapeau rond. Saint-Denis était sur le siège de la voiture où était le général Gourgaud. M. Marchand et (   ) venaient ensuite dans une grande berline, avec le docteur, les effets de l'Empereur et le lavabo dont il se servit à Sainte-Hélène. Deux berlines chargées des services d'argenterie et remplies des officiers qui suivaient partirent à dix heures du soir, sous la conduite du général de Montholon. Je suivais dans la mienne. Nous passâmes par Châteauroux, où je changeai de chevaux par un beau clair de lune. La Vendée était soulevée. A quelques lieues de Saintes, la nuit, à une heure du matin, je me trouvais en avant à quelque distance des deux voitures. On avait exprès divisé le service pour ne pas prendre trop de chevaux à la fois. Je ne dormais pas et je vis tout à coup un homme à cheval qui arrêtait le postillon et, au même moment, un pistolet était braqué sur ma portière. C'était des Vendéens qui, sachant qu'une des voitures que l'on attendait avait passé en dehors de la ville, croyaient faire grande prise en m'arrêtant. Ne voyant que deux femmes, ils furent un peu étonnés. Je les avais pris pour des voleurs et, voyant ce canon de pistolet dirigé vers moi, j'avais jeté mon enfant à mes pieds. Passé ce premier moment de surprise, on en vint aux explications. Ils m'invitèrent à rebrousser chemin, ce que je refusai de faire; mais ils me dirent qu'un gendarme qui les suivait portait l'ordre de la municipalité de me ramener à Saintes. En effet, le gendarme arriva et me montra l'ordre. Je me soumis, non sans peine. Les deux jeunes gens qui m'avaient arrêtée marchaient chacun à une portière. L'un était ancien officier; honteux de ce qu'il faisait, il s'en excusait; l'autre, un vrai chouan; celui-ci voulait absolument que je fusse la princesse Borghèse, quelque chose que je dise pour l'en dissuader. J'avais deux domestiques sur le siège, l'un à moi, l'autre au général Gourgaud. Ils étaient armés, et je leur avais demandé comment il se faisait qu'ils n'eussent pas tiré; qu'ils avaient dû, comme moi, prendre ces messieurs pour des voleurs. Le chouan m'avait entendu faire cette question et me disait pendant le chemin qu'il fallait bien que je fusse la sœur de l'Empereur pour regretter que l'on n'eût pas tiré sur eux. En entrant à Saintes, à l'auberge où l'on me conduisit, j'aperçus à travers une fenêtre le prince Joseph, que l'on avait aussi arrêté. En ce moment, j'entendis le bruit des deux voitures et des coups de pistolet. Je crus qu'on les tuait tous; mais je fus bientôt rassurée et nous nous trouvâmes réunis. Toute la ville était aux fenêtres. La municipalité intervint contre les fauteurs de nos arrestations; nous avions des passeports en règle du gouvernement provisoire et nous pûmes continuer notre route, heureux que les voitures n'eussent pas été pillées. Nous traversâmes la ville au milieu d'une foule immense, parmi laquelle je fus saluée par mon ex-officier.

V

Rochefort.

J'arrivai à Rochefort bien fatiguée de deux nuits passées en voiture. Le lendemain, le grand maréchal me prévint que nous dînerions avec l'Empereur, à huit heures. J'avais attendu que mon mari vint me chercher, pour aller à la préfecture, où logeait l'Empereur. Il ne l'avait pu et, quand j'arrivai, on était à table. Je pris ma place qui était restée vide à la gauche de l'Empereur, Mme Bertrand était à droite.

J'avais à côté de moi le général Becker (1), nommé par le gouvernement provisoire pour accompagner l'Empereur jusqu'à l'embarquement. Les autres personnes étaient le prince Joseph, le grand maréchal, le général Gourgaud, M. de Las-Cases et mon mari, et le préfet maritime. Le général Lallemand rejoignit l'Empereur à Rochefort.

A peine assise : « *Vous avez été bien inquiétée dans la Vendée, Madame,* » fut le premier mot que me dit l'Empereur. Je l'ai d'autant mieux retenu que cette expression *inquiétée*, pour tourmentée, est une manière de parler du Midi, et j'ai eu depuis l'occasion de remarquer qu'il employait des locutions méridionales.

L'Empereur portait un frac marron. Je ne l'avais jamais vu qu'en uniforme. Cet habit, le lieu où nous étions me firent éprouver une impression qui ne s'effacera jamais. On parla de l'affaire de la Vendée. L'Empereur mangeait et parlait peu, sa parole était brève et coupée. Après le dîner, on passa dans le salon, qui donnait sur une terrasse. L'Empereur y emmena son frère, puis ces messieurs. Pendant ce temps, je causai quelque temps avec Mme Bertrand ; la promenade sur la terrasse s'étant prolongée, Mme Bertrand me proposa de nous retirer, puisque l'Empereur ne revenait pas. J'y consentis et nous partîmes.

Ce qu'il y a de singulier, c'est que l'Empereur, à qui rien n'échappait, m'a parlé depuis de notre disparition, me disant qu'il voulait causer avec nous et qu'il avait été étonné et contrarié de ne plus nous trouver. C'était en effet manquer à l'étiquette ; jamais on ne quittait le salon qu'il ne se fût retiré. Peut-être, en ce moment, l'avait-il doublement remarqué.

M. de Montholon était toute la journée à la préfecture, je ne le voyais pas; on s'attendait à chaque instant à s'embarquer. On se demandait : est-ce ce soir, est-ce demain ? A peine osait-on se coucher. Les personnes qui se trouvaient à Rochefort étaient : le grand maréchal comte Bertrand, la comtesse Bertrand, ses enfants, Napoléon, Henry et Hortense ;

Le duc de Rovigo, général baron Lallemand, aide de camp ;

Le général comte de Montholon, la comtesse de Montholon, leur fils Tristan ;

---

(1) Bajert-Becker, comte de Mons, en disgrâce depuis 1809, député du Puy-de-Dôme en 1815, plus tard pair de France et grand cordon de la Légion d'honneur, mort en 1840.

Le général baron Gourgaud;

Le comte de Las-Cases, chambellan de l'Empereur; le jeune Las-Cases, page; le jeune ..., parent de l'Impératrice Joséphine;

M. de Planat, officier d'ordonnance;

M. de Résigny, d°

Deux officiers polonais qui avaient été à l'île d'Elbe, MM. Plontowski et Schoutty; M. Merchaire, capitaine; M. Marchand;

Le lieutenant Rivière, qui avait servi sous les ordres de M. de Montholon;

M. Deschamps, fourrier du palais; M. Huro, médecin;

Cipriani (Corse), maître d'hôtel; Pierron, chef d'office;

Saint-Denis, chasseur de l'Empereur;

Noverras, d°

Le page-cuisinier; Gentilini (Lucquois), valet de pied;

Les deux Archambault, piqueurs;

Deux courriers;

M. Bertrand avait un domestique et une femme de chambre;

Mme de Montholon, Pierre (1), domestique; Joséphine, sa femme de chambre;

Le général Gourgaud, un domestique.

Pendant la journée du 7 qui précéda l'embarquement, M. Renault, aide de camp du préfet maritime, nous fit voir les établissements du port. Rochefort me parut un assez triste séjour. Enfin on nous prévint que l'on allait s'embarquer. Le 8 au matin, M. Renault vint me chercher pour me conduire à l'embarcation. Mon mari avait suivi l'Empereur qui était déjà en mer. Mme Bertrand était dans un autre canot, et M. Renault me disait, en me guidant au rivage assez loin de la ville, que la chaloupe sur laquelle j'allais m'embarquer était très mauvaise et me parlait de manière à m'inquiéter sur le trajet qui n'était pas long. Les frégates étaient en vue. A peine en mer, nous nous mîmes à rire en vrais Français. L'embarcation était réellement en mauvais état et, faisant allusion à une situation analogue des officiers et dames de la cour de Pierre III, nous nous disions : « C'est à nous aussi à chanter, *qu'allions-nous faire dans cette galère?* » Il n'y avait pas dix

(1) Celui dont il a été déjà parlé. — Du C.

minutes que j'étais sur le bateau, que le mal de mer me prit, mal irrésistible pour moi et bien grave; mais j'arrivai peu après à bord, et les frégates étaient à l'ancre; je fus bientôt remise.

V

« La Saale » et « la Méduse ».

L'Empereur était déjà sur *la Saale*, capitaine Philibert; le général de Montholon, moi et partie des officiers et gens sur *la Méduse*, commandée par le capitaine Ponet, digne et brave homme. Si l'on n'eût écouté que son dévouement, il n'y aurait peut-être pas eu de Sainte-Hélène. Le bon capitaine eut pour moi les attentions des marins. L'habitude des privations et du commandement absolu devrait leur endurcir le cœur; mais s'ils sont en général un peu brusques dans leurs manières, ils sont francs et bons; la solitude en présence des œuvres de Dieu est oujours bonne à l'homme, elle fortifie l'âme; le ciel et l'eau, les dangers, les tempêtes ne peuvent inspirer que de nobles pensées. Le capitaine Philibert avait une figure jaune, verte et profondément inquiète. Il s agissait d'éviter la croisière anglaise qui se composait de onze vaisseaux en vue de Rochefort, mais le capitaine Philibert avait l'ordre secret de ne pas appareiller. Le duc de Rovigo dit dans ses *Mémoires* que le duc de Vicence, qui faisait partie du gouvernement provisoire, et le général Becker avaient connaissance de cet ordre et ne l'avaient pas communiqué à l'Empereur.

Une nuit, le capitaine Ponet nous dit : « *Le vent est bon, qui empêche qu'on ne mette à la voile? Si les Anglais attaquent, je soutiendrai le combat et pendant ce temps* la Saale *passera.* » Je me voyais déjà à fond de cale, et s'il en eût été ainsi et que je fusse restée sur *la Méduse*, il est vraisemblable que la prédiction du général de Fl... se serait vérifiée. La nuit se passa avec vent favorable et point d'ordre de départ. Le pauvre capitaine jurait comme un marin et piétinait de colère. Pour lui et nous, tout était compris. Il fit dire à l'Empereur par le général de Montholon que s'il voulait venir à son bord, il avait l'espoir de franchir la croisière; que sa frégate roulait comme une *barigue* (ce fut son expression), ou bien que *la Saale* essayât de passer et que pendant ce temps *la Méduse* livrerait combat. On aurait bien pu forcer le capitaine Philibert à appareiller, mais on prit un autre parti.

J'ai bien souvent pensé à cette *Méduse*, qui depuis a fait naufrage sous les ordres du successeur du capitaine Ponet. Il savait déjà, ce bon capitaine, qu'il ne garderait pas son commandement et nous désignait dès lors pour son successeur Chaumareyx, celui qui allait le remplacer ; ces officiers du bord avec qui nous dînions ou causions ont péri, l'équipage presque tout entier (1).

Le 9, l'Empereur descendit à terre pour visiter l'île d'Aix ; il fut accueilli avec transport par les élèves de la marine. Le 10, les officiers de la garnison de la Rochelle vinrent faire leurs adieux à l'Empereur. Quels adieux ! C'étaient les dernières marques de dévouement et de regrets des Français fidèles !

Le 12, on vint nous dire que l'Empereur débarquait à l'île d'Aix, nous l'y suivîmes immédiatement. Il n'était pas encore décidé sur le parti à prendre pour éviter la flotte anglaise et passer en Amérique.

VI

L'Ile d'Aix.

Pendant le séjour à l'île d'Aix, le général Lallemand revint de l'embouchure de la Gironde où il s'était rendu le 12. Il y avait conféré avec le capitaine Baudin (2) qui commandait la corvette *la Bayadère*. Ce capitaine offrait de conduire l'Empereur en Amérique et en répondait. Des bâtiments américains firent faire la même proposition. L'Empereur hésita, le prince Joseph accepta et passa sur un bâtiment américain. Les enseignes de l'Ecole de l'île d'Aix se chargeaient de transporter l'Empereur dans une chaloupe qu'ils auraient manœuvrée eux-mêmes. C'était faisable et ce que l'on pouvait faire de mieux. Mais je ne sais quel malin génie présidait aux décisions ; on n'était

(1) Duroys de Chaumareyx fit naufrage avec *la Méduse* sur le banc d'Arguin en 1816.

(2) Baudin était alors capitaine de vaisseau. Il quitta la marine après le départ de Napoléon, fonda au Havre une maison de commerce. Après la révolution de 1830, il reprit du service et, comme contre-amiral, commanda le bombardement de Saint-Jean-d'Ulloa, le fait d'armes le plus éclatant de notre marine à cette époque (1838). Vice-amiral en 1840, préfet maritime de Toulon jusqu'en 1847, Baudin reçut le bâton d'amiral de France, en 1854, peu de jours avant sa mort. — Du C.

qu'hésitation et chaque moment rendait tout parti plus inexécutable. Il fut question de se mettre sur un chasse-marée danois, qu'offrait le lieutenant Besson ; ce bâtiment appartenait à son beau-frère. L'Empereur devait se rendre à la pointe des Sables pour s'y embarquer. Il avait désigné dans la nuit les personnes qui devaient l'accompagner. On devait aller en Amérique. Le voyage était long ; c'était un peu sévère. Les hommes seuls pouvaient y aller. Mon mari, cependant, consentit à m'emmener. Je demandai à Mme Bertrand de prendre mon fils avec elle ; elle me le promit et je fus toute une nuit habillée en homme, prête à m'embarquer. Une fois à bord du chasse-marée, il aurait bien fallu que l'on me gardât. M. de Résigny, qui logeait avec nous, rit beaucoup de mon costume. Je n'avais pu m'affubler que d'une pelisse, d'un pantalon de hussard, ancien uniforme de mon mari. La veille, Mme Bertrand m'avait demandé de l'essayer, — nous logions dans la même maison, elle au premier et moi au rez-de-chaussée ; — avec sa belle et haute taille, il lui allait à merveille. Le même jour, le duc de Rovigo entra chez moi comme je me trouvais avec Mme Bertrand. On parla des différents partis à prendre. Se rendre aux Anglais en était un.

Mme Bertrand, Anglaise par son père, nièce de lord Dillon, élevée en Angleterre, penchait pour qu'on s'arrêtât à ce projet. « *Et vous, Madame de Montholon*, me dit le duc, *qu'est-ce que vous en pensez ? Comment croyez-vous qu'ils nous traiteront ?* » J'étais sans doute inspirée quand je lui répondis : « *On commencera par des révérences et on finira par des verroux.* » Hélas ! nous n'avons pas même eu les révérences.

Pendant les trois jours que l'on resta à l'île d'Aix, nous déjeunions et dînions dans la maison occupée par l'Empereur ; nous, c'est-à-dire les généraux, officiers d'ordonnance, M. Las-Cases, Mme Bertrand et moi. Les officiers, médecin, fourrier, etc., dînaient à une autre table. L'Empereur ne paraissait point, il mangeait chez lui ; le service d'aide de camp auprès de sa personne alternait entre les généraux et à peine voyais-je mon mari. Il fallait donc se tirer d'affaire comme on pouvait, l'on passait le temps à ouvrir et à fermer ses malles.

La première fois que je me rendis au déjeuner, je ne savais pas le chemin. On m'avait mal indiqué la salle à manger qui était au rez-de-chaussée, et je montai au premier. J'ouvre une porte et je vois l'Empereur en robe de chambre. Je referme vite la porte et m'enfuis toute confuse de mon étourderie. Au milieu de l'hésitation et de tout l'embarras d'une telle position avec une suite assez nombreuse, c'était merveille que l'on s'y reconnût; mais tout marchait encore d'après les habitudes de subordination et de précision du palais impérial, organisation modèle sous toute espèce de rapports et surtout sous celui de l'économie unie à toute la grandeur désirable. Dix fois par jour, ordre et contre-ordre résultaient des circonstances et s'exécutaient sans murmure, et de manière à ce que tout fût prêt à la minute. Mais aussi, quelle abnégation de soi-même pour bien faire son service! Mon mari n'avait que le temps de me dire à la hâte : « *Tenez-vous prête pour telle heure.* » Enfin on se décida à envoyer le duc de Rovigo et le comte de Las-Cases à bord du *Bellérophon* pour savoir du capitaine Maitland s'il recevrait l'Empereur à son bord librement. La réponse du capitaine Maitland fut que : « *Rien dans ses instructions ne prévoyait la démarche qui était faite auprès de lui, mais qu'il prendrait sur lui de recevoir à son bord l'Empereur et sa suite et de le transporter dans une rade d'Angleterre.* »

Ici s'éleva une question très grave. Le duc de Rovigo et M. de Las-Cases dirent à l'Empereur que le capitaine Maitland avait ajouté : « *Et qu'il répondait sur l'honneur que, si l'hospitalité britannique était refusée à l'Empereur, Sa Majesté serait en toute liberté d'aller où elle voudrait.* »

Le capitaine Maitland (1) a au contraire déclaré dans une publication à ce sujet, qu'il n'avait pas ajouté un mot à la réponse que j'ai d'abord rapportée. Il ne semble pas qu'il ait pris aucun engagement à cet égard, mais il est vrai qu'il a hautement exprimé « *sa conviction que le Gouvernement anglais ne violerait pas les droits sacrés de l'hospitalité et que les violer serait une forfaiture que l'honneur anglais repousserait avec indignation* ».

L'Empereur convoqua en conseil les officiers généraux de sa suite, ainsi que M. de Las-Cases. Il posa la question de savoir : « *S'il con-*

---

(1) Maitland est le nom de famille des Lauderdal, maison noble et illustre d'Ecosse. — N. de l'A. — Sir Frederic Lewis Maitland, né à Rankeillour, en 1779, mort devant Bombay en 1839, commandait *le Bellérophon* en 1815, et fut chargé de conduire Napoléon à Sainte-Hélène sur *le Northumberland*. Il devint, par la suite, contre-amiral. On a de lui : *Relation concernant l'embarquement et le séjour de l'empereur Napoléon à bord du vaisseau* le Bellérophon, traduit en français par Parisot (Paris, 1826).

venait dans l'état des choses de se confier au Gouvernement anglais; de tenter de vive force, avec la Saale *et* la Méduse, *le passage au travers de l'escadre anglaise ou de s'embarquer en secret à bord du chasse-marée danois, lui seul et un de ses officiers, pour courir les chances si périlleuses d'une navigation de deux mille lieues dans une telle embarcation.* »

A la suite du conseil, dans lequel chacun donna son avis, l'Empereur se décida à se confier à la « générosité britannique ». Le général Lallemand et le général de Montholon se prononcèrent contre ce parti. L'Empereur étonné de cette dissidence leur ordonna de développer les motifs et entama une discussion qui fut longue et animée. Cette discussion, dans laquelle le général de Montholon avait soutenu son opinion, a été bien souvent l'objet des entretiens de Sainte-Hélène et elle fut une des causes qui donnèrent à M. de Montholon une si grande part dans la confiance que l'Empereur eut depuis en son jugement et en la portée de son esprit. L'Empereur lui a souvent répété : « *Cela m'a beaucoup frappé.* »

Le 14, le général Gourgaud fut envoyé en Angleterre avec une lettre de l'Empereur au prince-régent. On connaît les termes de cette lettre; saisi par l'idée grandiose de demander l'hospitalité à ses ennemis, l'Empereur écrivait : « *Comme Thémistocle, je viens m'asseoir au foyer britannique*, etc. » Cette lettre a été blâmée et je n'en sais aucune bonne raison.

VII

Le brick « l'Epervier ».

Pendant ces trois jours d'indécision, le gouvernement avait changé la destination du capitaine Baudin; le parti du chasse-marée était périlleux et chanceux; le gouvernement provisoire qui voyait avec inquiétude l'Empereur en terre de France et si près, le pressait de quitter l'île d'Aix. Il n'y avait plus guère alors d'autre parti à prendre que celui de se rendre à bord du *Bellérophon*.

Le 15, de grand matin, l'Empereur s'embarqua sur le brick français *l'Epervier*, qui devait l'y conduire.

Rien ne peut rendre la stupeur, le profond découragement qui se lisait sur les visages. *L'Empereur se livrait aux Anglais! Aux Anglais, ses ennemis, toujours ennemis avoués ou cachés de la France!* Cette pensée était écrite sur le front du matelot, comme sur celui de l'officier. Nous qui le suivions, nous étions moins malheureux, et cependant, j'avais le cœur bien serré.

Lorsque je montai à bord, l'Empereur était déjà assis sur le pont. On m'apporta une chaise et je me trouvai à côté de lui; il était calme, froid et pensif. Au bout de quelques minutes d'un silence solennel, il me dit en passant la main sur la manche de son habit : « *Est-ce vert ou bleu?* » — On sait que l'Empereur avait de la peine à distinguer les couleurs. — Je fus si étonnée de cette question, que je tardais à répondre, croyant avoir mal entendu. Il me répéta doucement et à voix demi-basse la même question. « *Vert*, Sire, » répondis-je. Il reprit encore comme pour bien s'en assurer : « *Vert? — Oui, Sire, vert.* » Il était en frac et tenait sans doute à être vêtu de la couleur de l'uniforme qu'il portait toujours, celui des chasseurs de la Garde impériale... On apporta du café pur, il en prit.

L'embarquement terminé, on fit voile; *le Bellérophon* était en vue. Bientôt la chaloupe de ce vaisseau, montée par le 1er lieutenant, fut envoyée à notre bord pour nous transporter. Le lieutenant monta sur le pont de *l'Epervier* et fit en anglais le discours obligé. Cet habit de la marine anglaise, cet Anglais qui ne disait pas un mot de français, cette chaloupe ramée par des matelots anglais, enfin cette séparation matérielle, positive d'avec la France, tout cela me fit éprouver quelque chose de si amer, que j'en ressens encore aujourd'hui l'impression aussi vive que dans le moment même.

L'Empereur descendit dans la chaloupe, s'y assit. Nous l'y suivîmes; non pas toute la suite, mais les généraux, M. de Las-Cases, Mme Bertrand, moi et nos enfants. Les officiers et le reste de sa suite furent transportés à part. L'équipage de *l'Epervier* était consterné; il semblait que nous étions devenus muets... Scène solennelle, qui n'eut point la terre pour témoin, mais le ciel, la mer... et nos cœurs amis pour en garder le souvenir!

VIII

« Le Bellérophon ».

Arrivé à bord du *Bellérophon* le jour même où le Roi faisait son entrée dans Paris, l'Empereur fut reçu avec des formes convenables par le capitaine Maitland. Celui-ci l'introduisit dans la chambre qui lui était destinée; c'était celle du capitaine. On était fort gêné et l'on me fit une chambre sur le pont. L'ancre fut bientôt levée et nous fîmes voile pour les Sables, où se trouvait l'amiral Holcham qui commandait la croisière et montait *le Superbe*. L'amiral se rendit immédiatement à bord du *Bellérophon* et mit une grande réserve dans les réponses qu'il fit aux questions de l'Empereur, qui, dès ce moment, conçut des inquiétudes que les événements n'ont que trop justifiées. Cependant l'amiral affecta de lui rendre tous les honneurs souverains, ce dont il fut très sévèrement blâmé depuis par son gouvernement.

L'Empereur accepta un déjeuner à bord du *Superbe*; nous y fûmes tous invités; le vaisseau était pavoisé, les matelots habillés de blanc, avec leurs longues ceintures, couvraient toutes les vergues. C'est un beau spectacle, surtout en pleine mer. On connaît la tenue des vaisseaux anglais; en cela, *le Superbe* ne le cédait à aucun.

L'Empereur visita depuis le pont jusqu'à fond de cale; nous le suivions. On ne pouvait assez applaudir à l'ensemble et aux détails qui prouvaient à chaque pas l'ordre et la discipline qui régnaient sur ce beau vaisseau. Les nôtres, maintenant, ne le cèdent plus sous ce rapport à la marine anglaise; au surplus, on peut atteindre, mais on ne saurait surpasser l'ordre, la discipline des équipages, ni le silence, la tenue personnelle des officiers anglais. Je reviendrai sur ce sujet.

Le déjeuner était fort beau, très bien servi. La chambre de poupe qui faisait le salon de l'amiral était bien meublée. Une table était couverte d'instruments de marine, de cartes, d'albums, de montres, qui occupèrent l'Empereur. Il fut content de l'amiral sous tous les rapports. Cet amiral a de bonnes formes et une physionomie heureuse.

En général, je n'ai rien trouvé dans les officiers de la marine anglaise qui justifiât le nom que leur donnait le roi Georges IV : il les appelait des *loups de mer*. Je les ai trouvés francs, simples, bons et remplis d'attentions délicates, depuis leur *drog* qu'ils vous font prendre contre le mal de mer, jusqu'à la discrétion et l'obligeance qu'exigeait notre position. Le capitaine Maitland a fait preuve de loyauté dans sa conduite envers l'Empereur, et ce n'est pas sa faute si ce terrible cabinet de lord Bathurst n'a pas cru devoir suivre son exemple et s'honorer à jamais par une conduite noble et généreuse, et à la hauteur de la position où se trouvait alors l'Angleterre vis-à-vis de ses alliés. L'Empereur, en Angleterre, vivant dans un château, leur eût procuré sur les affaires du continent une prééminence que ne pouvait qu'affaiblir la distance de Sainte-Hélène à la Tamise. Il y avait de la haine, non dans le peuple anglais, ni même dans toute la haute aristocratie, mais dans une partie seulement et dans quelques membres du cabinet, ainsi que le prouvera notre apparition à Plymouth. A deux heures et demie, nous étions de retour du *Superbe* sur *le Bellérophon* et l'on mit immédiatement à la voile pour Torbay.

Je souffrais beaucoup du mal de mer; cependant, après quelques jours, je pus paraître au dîner. L'Empereur ne souffrait pas, il avait seulement un peu mal à la tête ; mais il pouvait lire et s'occuper. Il déjeunait seul et passait une partie de la matinée à causer successivement avec les officiers généraux et M. de Las-Cases. Vers une heure, il s'habillait et venait sur le pont. Il s'y promenait en causant avec le capitaine qui parlait français, le docteur O'Méara et les officiers du bord. Sa tenue était la même qu'aux Tuileries : son uniforme de chasseur, bas de soie, souliers à boucle. Je ne sais quelle idée les libelles avaient donnée de sa personne aux Anglais, mais tous étaient frappés de la régularité de ses traits et du caractère de simplicité, de noblesse et de bonté qui régnait dans toutes ses manières. Ils admiraient aussi sa jambe et sa main, qui, en effet, sont d'une beauté remarquable. Rien ne peut rendre l'agrément de son regard et de son sourire; ils en étaient frappés.

L'Empereur s'amusait beaucoup des jeux de nos enfants et en riait. Il est impossible d'avoir le rire plus vrai, ce qui est un signe caractéristique de bonté. Pour passer le temps du déjeuner au dîner, on jouait à un jeu qui pût occuper tout le monde : le *Macao*, le vingt et un. On s'asseyait autour de la table de la salle à manger qui nous servait de salon. La conversation s'établissait, et l'Empereur était là aimable et en parfaite liberté d'esprit. Il aimait à taquiner. Un jour, entre autres, il tourmentait le duc de Rovigo sur sa fortune, qu'il disait devoir être considérable. Le duc soutenait le contraire et s'impatientait de l'insistance de l'Empereur, et nous de rire du débat. La grande aisance de conversation était établie et chacun était parfaitement à l'aise.

A dîner, la présence des officiers anglais établissait nécessairement plus de réserve; mais la conversation n'en était pas moins animée, et les questions que faisait l'Empereur, tant sur la marine que sur d'autres sujets, étaient toujours d'un grand intérêt par les comparaisons qu'il faisait avec la France et il trouvait bon qu'on lui en fit sur tous sujets.

Il n'aimait pas à rester longtemps à table et se levait le premier après le dessert. Le grand maréchal, le duc de Rovigo le suivaient sur le pont, tandis que M. de Las-Cases, les autres et nous, dames, restions plus longtemps.

Après dîner, on se tenait sur le pont. Le capitaine ayant vu que nous préférions, Mme Bertrand et moi, être à l'air que dans nos cabines, avait fait disposer de chaque côté du pont un berceau formé de pavillons de différentes couleurs; nous y passions une grande partie de la journée à couvert du soleil. Mme Bertrand parlant anglais servait souvent d'interprète à l'Empereur avec ceux des officiers qui ne parlaient pas français. Peu de jours s'étaient passés et les Anglais avaient déjà perdu la plus grande partie de leurs préventions contre l'Empereur.

Les officiers de sa suite dînaient avec les officiers anglais. Le soir, nous allions quelquefois prendre le thé à leur table. Les *midshipmen* jouèrent la comédie et, pour remplir leurs rôles, quelques-uns s'étaient habillés en femme. L'Empereur et nous assistâmes à ce spectacle le 18.

Un brouillard épais avait fait manquer la reconnaissance d'Ouessant. Le capitaine en était très contrarié. Cet incident était désagréable dans la circonstance de l'Empereur à bord. Un bâtiment que l'on rencontra apprit où l'on était.

Le 23, on dépassa Ouessant et, à dix heures du soir, on découvrit les côtes d'Angleterre. Nous passâmes devant l'île de Wight, si belle de verdure et toute couverte de maisons de campagne qui font un effet charmant.

Le 24, on jeta l'ancre devant Torbay. Toute communication avec la terre fut défendue. Ce fut à grand'peine que l'on obtint que Cipriani descendrait à terre pour faire des provisions (1). Le général Gourgaud, arrivé depuis quelques jours, n'avait pu encore débarquer.

IX

Plymouth.

Le 26, à cinq heures du matin, nous fîmes voile pour Plymouth, où nous arrivâmes le soir à quatre heures.

A peine dans le port, *le Bellérophon* devint l'objet de l'intérêt et de l'empressement des habitants de Plymouth, puis de toute l'Angleterre, à mesure que la nouvelle de l'apparition de l'Empereur s'y répandait. On voulait le débarquement, on voulait voir le grand homme.

La mer était couverte d'embarcations remplies à chavirer d'hommes de toutes classes, de femmes élégantes. Ces bateaux entouraient le vaisseau dans l'espoir d'apercevoir l'Empereur; ils s'approchaient assez près pour pouvoir nous parler.

Cet empressement inquiétait le gouvernement et l'ordre fut donné de forcer les curieux à s'éloigner. Des chaloupes-canonnières furent mises en mer, commandées par les officiers du *Bellérophon*, qui repoussaient les bateaux des curieux; mais ceux-ci s'obstinaient à rester, au risque de périr. Les femmes, debout, se cramponnaient au bras des hommes et ne voulaient pas que l'on s'éloignât. Le gouvernement craignait qu'une ancienne loi anglaise ne vînt prêter son secours hospitalier au débarquement; il se décida à nous éloigner au plus vite.

(1) Cipriani était cuisinier de l'Empereur.

Depuis que nous étions en rade de Plymouth, on commençait à nous parler de Sainte-Hélène comme du lieu où nous pouvions bien être envoyés, et chacun de nous de s'enquérir de cette île. Les uns nous disaient que le pays était beau et le climat sain; d'autres que c'était un horrible séjour, malsain, que nous y trouverions tous les inconvénients et désagréments que l'on trouve en général sous les tropiques, en animaux venimeux, etc...

X

L'amiral Keitz a bord.

Le 28, l'amiral Keitz vint à bord à midi; il eut un long entretien seul avec l'Empereur.

Dans la journée, plusieurs bâtiments, chargés de soldats français faits prisonniers à la bataille de Waterloo, entrèrent dans le port; c'était pour nous un triste spectacle et de sinistre augure. Enfin, le 31, l'amiral Keitz revint à bord, accompagné d'une autre personne munie de l'ordre qui envoyait l'Empereur à Sainte-Hélène. L'amiral fut reçu par l'Empereur dans la chambre de poupe et lui annonça sa destination; ce second entretien dura assez longtemps.

Quand l'amiral sortit de chez l'Empereur, j'étais avec Mme Bertrand et, si je ne me trompe, plusieurs autres personnes, dans la pièce qui précédait celle où se trouvait l'Empereur. L'amiral nous dit en français, qu'il parlait avec beaucoup de peine, qu'il venait d'annoncer à l'Empereur qu'on l'envoyait à Sainte-Hélène. Nous ne cachâmes pas à l'amiral notre étonnement et notre chagrin de ne pas rester en Angleterre : « C'est, nous dit-il, pour le plus grand avantage de l'Empereur que le Cabinet a pris cette détermination. En Angleterre, on eût été obligé de le tenir enfermé dans quelque château, tandis que là, il sera libre. » On verra comme il le fut.

L'amiral, en nous parlant ainsi, était embarrassé; il paraissait gêné de la triste mission qu'il avait à remplir. Après quelques moments de conversation sur ce sujet, il nous quitta. La consternation était parmi nous.

On s'occupa immédiatement des arrangements.

L'Empereur ne pouvait emmener que trois de ses officiers généraux. Il y eut un moment d'hésitation de la part du général Bertrand; il fut même décidé momentanément qu'il ne suivrait pas. L'Empereur le fit venir et lui dit : « *Ce n'est pas pour moi que je veux* « *vous emmener, c'est pour vous. Si vous me quittez maintenant, vous* « *perdrez la réputation que vous avez acquise à l'île d'Elbe.* » C'était trop vrai et trop conforme aux sentiments du grand maréchal pour ne pas être senti et dominer dans son cœur toute autre affection, tous regrets de s'éloigner d'un père et d'une mère déjà vieux. Le bonheur de sa femme, qui ne pouvait prendre son parti de renoncer à la France et à sa famille, était aussi d'un grand poids dans la balance; mais ses hésitations ne pouvaient tenir contre un mot de l'Empereur : il fut donc arrêté qu'il viendrait.

On sait que le duc de Rovigo et le général Lallemand étaient condamnés à mort s'ils rentraient en France et, par suite du système adopté de considérer l'Empereur comme prisonnier de guerre, le cabinet anglais, au lieu de les laisser aller où ils voudraient, les envoya prisonniers à Malte, ainsi que les officiers qui ne pouvaient venir à Sainte-Hélène. On peut juger de ce que fut pour le duc sa séparation d'avec l'Empereur.

Je m'étais lié avec lui à bord, et depuis je l'ai toujours trouvé ami fidèle et je lui ai connu bien des qualités estimables. Il nous montrait souvent une boîte sur laquelle étaient peints les portraits de sa femme et de ses enfants; il les contemplait avec bonheur : on voyait combien il les aimait.

XI

Madame Bertrand.

La position du général Bertrand, qui était rentré les armes à la main, lui fermait aussi la France, ce qui irritait beaucoup Mme Bertrand. Elle n'avait pu s'empêcher, un jour qu'elle était de mauvaise humeur, de comparer les deux causes politiques qui bannissaient également son mari et le duc, le premier pour être revenu de l'île d'Elbe, le second parce qu'il avait, disait-elle, attaché une lanterne sur la poitrine du duc d'Enghien. Calomnie atroce qu'elle répétait inconsidérément dans un moment de désespoir. Elle répétait une chose qu'elle avait entendu dire et qui n'était pas vraie. Aussi, le jour de la scène, le 31, lorsqu'elle voulut se jeter à la mer, le duc était sur le pont, d'où il voyait son mari qui la retenait de la fenêtre de la cabine par où passait le haut du corps; il lui criait en riant : « Lâche-la, lâche-la ! » Nous en avons souvent ri depuis.

Je ne dirai qu'un mot du chagrin qu'elle éprouva de ce qu'on nous fermât l'Angleterre pour nous envoyer à Sainte-Hélène.

Dans la soirée qui suivit la triste mission de l'amiral Keitz, elle entra chez l'Empereur et le supplia de ne pas emmener son mari. L'Empereur lui répondit avec calme qu'il ne forçait personne à le suivre et que c'était plutôt pour le grand maréchal que pour lui-même qu'il l'engageait à persévérer. Le chagrin d'avoir déplu à l'Empereur et le regret de partir firent perdre la tête à cette personne aussi vive qu'impressionnable et, en sortant de chez l'Empereur, elle voulut se jeter à la mer. On ne s'est que trop emparé de l'effet d'un mouvement de nerfs pour représenter avec malveillance et tourner en ridicule un moment de désespoir indépendant du cœur et du caractère, pourtant bien excusable et qui ne prouve rien qu'une vive sensibilité.

Son attachement pour l'Empereur ne pouvait être douteux : Mlle Dillon est créole et parente, par sa mère, de l'Impératrice Joséphine. L'Empereur l'avait mariée au général Bertrand, son aide de camp, et l'avait dotée. Elle avait joui depuis lors de tous les avantages attachés à cette position. Son mari avait remplacé Duroc dans sa place de grand maréchal; mais il n'avait occupé cette place que peu de temps. Il y avait pour Mme Bertrand bien loin des habitudes des Tuileries aux privations du *Bellérophon*. Le prestige était grand, on pouvait le regretter.

Excepté quelques moments de vivacité où, comme le disait l'Empereur, *le bout de l'oreille créole passait*, elle est très facile à vivre; il est impossible d'avoir plus de distinction dans la tournure et dans les manières, et quand elle le veut, de plaire plus facilement.

Sa taille est élevée, belle et souple. Elle a un joli pied, de jolis cheveux et une physionomie agréable, et, de plus, tout ce qu'il fallait pour bien représenter comme femme du grand maréchal. Elle aimait le monde, la cour, le luxe, la grandeur, ce qui ne l'empêchait pas d'être excellente mère et tout occupée de ses enfants. L'attachement à son mari est la meilleure preuve des nobles qualités de cette femme séduisante.

Elle me plaisait beaucoup comme compagne d'exil et nous avons toujours fort bien vécu ensemble. C'est la meilleure réfutation que je puisse faire de toutes les assertions contraires qui ont pu être faussement débitées.

La seule discussion que nous ayons jamais eue ensemble eut lieu sur *le Bellérophon*.

Nous promenant sur le pont, le duc en tiers, la conversation s'établit sur la manière dont on recevrait l'Empereur en Angleterre; elle était encore dans l'illusion et je n'en avais pas; le duc était de mon avis; elle rêvait vie de château, affluence d'empressements. « Vous croyez, lui dis-je, qu'on va venir nous chercher en palanquin? » Cette illusion lui faisait honneur, c'était compter sur la bonne foi et la générosité britanniques. Voilà la seule fois qu'il y ait eu discussion entre nous et encore fut-elle bien modérée; mais la conversation était animée, on nous entendait et l'on pouvait croire que nous nous querellions.

Nos enfants s'aimaient comme des frères et cette affection, née dans l'exil, n'a jamais cessé.

XII

TORBAY.

1er août. — Les curieux furent un peu moins nombreux que les jours précédents; on y mettait bon ordre.

L'Empereur ne fit point sa promenade sur le pont.

Le capitaine nous avait présenté sa femme, mais elle ne put monter à bord. La visite se fit, elle dans son bateau, et nous sur le pont. L'empressement que l'on continuait à montrer et l'intérêt que le peuple anglais prenait à cette question donnaient de l'inquiétude à lord Bathurst, chef du cabinet, et l'ordre fut donné d'éloigner *le Bellérophon* jusqu'à Torbay.

Le 4, le vaisseau sortit du port, et, dans la matinée du 6, on signala *le Northumberland*. Les deux vaisseaux firent route vers Torbay, où ils jetèrent l'ancre.

L'amiral Keitz vint nous rejoindre à Torbay, à bord du *Tonnant*. Lui et l'amiral Cookburn vinrent annoncer à l'Empereur que *le Northumberland* était prêt pour le recevoir.

Là, commencèrent les tribulations des prisonniers. On retira les armes et l'on visita les effets de l'Empereur et ceux des personnes de sa suite.

On s'occupa alors des arrangements.

L'Empereur ne pouvait emmener que trois officiers généraux et douze domestiques; les trois officiers généraux furent le grand maréchal Bertrand, les généraux Montholon et Gourgaud.

M. de Las-Cases se trouvait en dehors des élus; on eut beaucoup de peine à obtenir de le faire considérer comme le secrétaire de l'Empereur; les Anglais ne l'aimaient pas. Ils avaient pris de lui une prévention défavorable depuis le jour où, envoyé à bord du *Bellérophon*, il avait dissimulé, disaient-ils, de savoir parler anglais et de l'entendre.

Peut-être M. de Las-Cases n'avait-il pas été dans le cas de s'expliquer à cet égard. Quoi qu'il en soit, par suite de ce manque d'explication, qu'ils appelaient réticence, on avait parlé devant lui et, lorsque rendu plus tard sur *le Bellérophon*, il fut découvert qu'il savait l'anglais comme un Anglais, le capitaine Maitland et autres en furent tous surpris et furieux. Depuis, l'amiral Cookburn m'a dit que la prévention que l'on avait contre lui venait de là.

L'Empereur aurait bien voulu pouvoir emmener M. de Planat, officier d'ordonnance, qui lui aurait été très utile comme secrétaire. On ne put l'obtenir.

Tous ceux qui avaient espéré vainement suivre l'Empereur, Français, Polonais, officier d'ordonnance et autres, furent envoyés à Malte, excepté le jeune Las-Cases à qui l'on permit de suivre son père.

J'avais emmené un domestique et une femme de chambre; on ne me permit de garder que celle-ci.

On permettait en tout, je l'ai déjà dit, douze personnes au service de l'Empereur, et, pour qu'il put garder les siens, nous ne gardâmes pas les nôtres. Mme Bertrand put emmener un homme parce qu'il était le mari de sa femme de chambre. On admit en principe que l'on ne séparait pas les maris des femmes et les enfants des pères.

Le moment où la séparation de ceux qui ne suivaient pas arriva fut affreux. Ces pauvres officiers pleuraient comme des enfants; le duc de Rovigo était affecté d'une vive douleur, comme on peut le croire d'un attachement tel que le sien.

XIII

« Le Northumberland ».

Le 7 août, l'Empereur, après avoir reçu les tristes adieux de ses fidèles serviteurs, fut transféré à bord du *Northumberland*, portant pavillon de l'amiral Cookburn.

Il y passa sur le canot du *Bellérophon*.

Avant de quitter ce vaisseau, je dois dire qu'en témoignage de ce qu'il pensait de la conduite qu'avait tenue à son égard le capitaine, l'Empereur lui fit présent d'une tabatière avec son portrait, que le brave marin, tout heureux qu'il était, n'accepta que sous la condition que son gouvernement lui en donnerait la permission.

Nous n'eûmes tous qu'à nous louer des attentions du capitaine et des officiers de son bord.

Le docteur O'Méara, médecin-chirurgien attaché à ce bâtiment, eut la permission de suivre l'Empereur, à titre de médecin attaché à sa personne et à son service. J'aurai occasion de parler souvent de lui. Tous ceux qui ne venaient pas à Sainte-Hélène restèrent sur *le Bellérophon*. Ils furent depuis transportés sur le brick ***, pour être conduits à Malte.

En arrivant à bord du *Northumberland*, l'Empereur y trouva M. Stanley et M. Hudchinson, tous deux attachés au ministre Castlereagh et membres des Communes, qui l'y attendaient; il eut avec eux un long entretien.

Dans l'empressement que mit le cabinet anglais à éloigner l'Empereur des côtes d'Angleterre, il ne se trouva qu'un seul gros vaisseau qui fût en état de faire un tel voyage; *le Northumberland* fut destiné à nous recevoir. Il venait de l'Inde, et l'on ne prit même pas le temps de changer l'eau et le biscuit; aussi, toute la traversée, n'eûmes-nous à boire que de l'eau pourrie, et, sur la fin, le biscuit était rempli de vers ; au reste, les vivres étaient bons et abondants. N'ayant pu prévoir un tel voyage, nous demandions à acheter du linge et tout ce qui nous était nécessaire pour ce long trajet. Il eût été bien facile à Plymouth de nous procurer tout ce dont nous avions besoin, mais quelles que fussent nos sollicitations à cet égard, on ne nous le permit pas. C'était bien dur, et ce refus nous soumit à de grandes privations.

Le jour de notre installation sur *le Northumberland*, au moment où nous allions faire voile, nous fûmes témoins d'un triste spectacle dont j'éprouvai une vive impression. Le temps était sombre et frais ; j'étais sur le pont, pensant tristement à notre destination, lorsque je vis un bateau qui se dirigeait sur nous. Il contenait une femme ; c'était une curieuse venue de loin, elle voulait approcher du *Northumberland*, dans l'espoir d'apercevoir l'Empereur. Elle était avec son enfant et un domestique. Je la vois encore avec sa robe noire. Au moment où elle nous atteignait, un brick croisait, et rencontrant le bateau il le coula. Nous vîmes l'embarcation disparaître.

A l'instant, les canots furent à la mer, et l'on parvint à sauver la mère et l'enfant qui furent portés sur des vaisseaux différents. La pauvre mère se trouvait à bord du nôtre, elle ignorait que son enfant fût sauvé, et à peine hors de l'eau, elle criait avec l'accent du désespoir : « *My child! my child!* »

Le serviteur ne fut pas retrouvé. Cet événement était de triste augure ; chacun eut cette pensée.

Le 8, l'Empereur déjeuna dans sa cabine ; c'était son cuisinier qui faisait son déjeuner. Nous trouvâmes à bord le colonel Bingham, qui commandait le bataillon du 53e. Je ne dois pas omettre qu'au moment de l'embarquement sur *le Northumberland*, on prit la mesure de s'emparer de l'argent qu'avait l'Empereur, quatre cent mille francs. Il fut convenu que cet argent resterait à sa disposition sur des mandats, mais qu'il ne pourrait l'avoir entre ses mains que par petites sommes. Il ne fut soustrait à l'inquisition anglaise que quatre-vingt mille francs. Comme cette somme était en or, elle put être répartie entre les officiers et domestiques, qui en portaient chacun une partie sur eux, dans des ceintures.

XIV

TRAVERSÉE.

Dans la nuit du 10 août, le signal fut donné pour mettre à la voile et faire route pour Sainte-Hélène, signal d'exil ! Le bruit du cabestan nous fit en ce moment une triste impression. Le mal de mer reprit à ceux qui l'éprouvaient, et je fus du nombre; pendant quelques jours, je ne pus guère quitter mon lit. *Le Northumberland* est un beau et grand vaisseau; mais il était si chargé, nous y étions tellement nombreux, que tout était encombré et qu'il nous fut impossible de nous installer à l'aise.

Il était divisé sur le premier pont par une grande pièce, où l'on mangeait et qui précédait le salon.

De chaque côté était une chambre, l'une occupée par l'Empereur, et l'autre pareille, par l'amiral. Au-dessous de celle-ci était celle de la famille Bertrand : Mme Bertrand, son mari, les trois enfants, sa femme de chambre et l'enfant de cette femme. J'avais celle du capitaine Ross, commandant du vaisseau, pour mon mari, mon fils, moi et ma femme de chambre. Cette cabine était ornée d'un gros canon qui sortait par l'embrasure de la fenêtre et m'embarrassait fort. Nous avions 500 hommes à bord, provenant du 53e. Enfin nous étions plus de mille. La table où dînait l'Empereur se composait de lui, l'amiral à sa droite, Mme Bertrand à sa gauche, moi entre l'amiral et le capitaine Ross qui commandait le vaisseau. Je nommerai les autres sans ordre de place. Les Anglais étaient : le colonel Bingham, M. Glower, secrétaire de l'amiral, le docteur O'Méara, le docteur du bord, Worden, le 1er lieutenant de vaisseau, le clergyman, le commandant des troupes de terre; les Français : le grand maréchal Bertrand, les généraux et M. de Las-Cases père. Son fils dînait à la table des officiers.

Chaque jour, on invitait alternativement un officier de marine, un officier de terre, un midshipman (aspirant). Le dîner était aussi bien servi que l'on pouvait l'obtenir à bord. Les vivres étaient bons et abondants. L'on s'était procuré hâtivement tout ce que l'on avait pu en conserves et en animaux de bord ; sauf l'eau qui était pourrie, et le biscuit qui était vieux, on ne pouvait se plaindre.

L'Empereur portait, comme d'ordinaire, son uniforme de chasseurs, bas de soie, souliers à boucle. On avait eu soin de prendre une grande quantité de linge et de tout ce qui lui était nécessaire. Sa tenue était celle des Tuileries ; les Français étaient en uniforme.

On ne peut se faire une idée des officiers anglais en mer : leurs habits, par le brillant des boutons, semblaient être neufs, le linge d'une blancheur remarquable. L'amiral était resplendissant et se promenait fièrement sur la poupe. Le vaisseau avait besoin d'être repeint et le fut bientôt et souvent, ce qui nous déplaisait fort et me causait grand mal de tête. Cependant, le mal de mer avait passé et je pouvais m'occuper comme à terre ; le temps passait vite : lecture et promenade sur le pont toute la journée. L'amiral était très complaisant pour nous. Notre présence sur le pont devait souvent gêner. Le 18, un bâtiment faisant partie du convoi nous rejoignit ; il avait des journaux pour l'amiral, ce qui fut une distraction. Notre escadre se composait du *Northumberland*, capitaine Ross, pavillon amiral ; *la Havane*, capitaine Hamilton ; *le Furet*, *l'Eurotas*, *l'Ecureuil*, etc., etc. : en tout, un vaisseau de 80, une frégate de 44, une de 36, six bricks, deux *stores ships* (gabares).

Le 23 août, à une heure, on aperçut l'île de Porto-Santo et, peu de temps après, celle de Madère. Nous étions devant Feuchal à six heures du soir. Un violent vent de sirocco s'éleva et gêna l'amiral pour se maintenir en vue de Feuchal où il voulait prendre des vivres. Assise sur le pont, je souffrais du mal de mer que la tourmente m'avait rendu et j'admirais les vagues en furie, qui nous élevaient à une hauteur prodigieuse, pour nous laisser retomber dans l'abîme. Ce spectacle pouvait inspirer la crainte ; mais je ne l'ai jamais éprouvée en mer sur un vaisseau, tandis que je n'aime pas à traverser une rivière dans un bateau. On virait de bord à chaque instant et cette manœuvre, qui s'exécutait avec tant de facilité, en dépit de la vague et du vent, au bruit du sifflet du lieutenant, apportait une distraction à ma souffrance. C'était un véritable changement de décoration, puisque le point de vue changeait à chaque instant. Ce coup de vent fut si violent et le sirocco est si rare à Madère, que les habitants, fort superstitieux, prétendirent que c'était la présence de l'Empereur qui leur portait malheur. Nous aurions bien désiré descendre à Feuchal; l'amiral ne le permit pas; son secrétaire seul y passa une journée pour y prendre des provisions.

L'aspect de l'île est charmant; les hauteurs sont très boisées : elles me rappelaient Nice. On sait que le climat de Madère est enchanteur; les Portugais y envoient leurs malades de la poitrine. Dès que M. Glower fut revenu à bord, le 28, on remit à la voile; il avait rapporté des citrons, des oranges, qui nous firent un plaisir extrême et contribuèrent beaucoup à ma guérison du mal de mer. On avait embarqué vingt-cinq jeunes bœufs.

J'ai dit que l'eau, ayant déjà fait un voyage dans l'Inde, était mauvaise, d'une couleur jaunâtre; le goût en était désagréable. Le soir, nous pressions un citron dans un verre de cette horrible eau; c'était pour nous un breuvage délicieux. L'amiral avait fait embarquer aussi, à Madère, de la véritable *malvoisie*. Ce vin est parfait. Comme on n'en servait pas tous les jours, pendant la traversée, nous prétendions que l'amiral ne nous en donnait que quand nous étions bien sages. Il y avait heureusement, pour remplacer l'eau, de la bière et très bonne. A cette époque, je ne pouvais en boire; on peut donc juger ce que fut pour moi la privation de bonne eau. J'en fus fort malade à la fin du voyage. Cette eau si mauvaise, nous n'en avions pas encore autant que nous aurions désiré, ce qui est tout simple en mer. On en délivrait à chaque personne deux gallons par jour et l'amiral avait l'attention d'en donner davantage pour le service de Mme Bertrand et pour le mien, et il en faisait ajouter suivant nos demandes, l'eau de mer ne pouvant servir pour le lavage du linge. Avec des enfants, on peut juger de ce qu'était pour nous la galanterie d'un pot d'eau croupie.

Dans la nuit du 27 au 28, nous passâmes les îles Canaries, entre celle de Ténériffe et celle de Palma; le 28, nous passions le tropique du Cancer et, le 1er septembre, nous nous trouvions près de l'île de Santo-Antonio, une des îles du cap Vert. On y envoya un brick pour y prendre quelques provisions. Le convoi se mit au large en attendant son retour. Le 6, la chaleur était excessive, de fortes averses rafraîchirent un peu l'atmosphère. Le 8, nous vîmes un oiseau de mer de la forme d'un canard. En mer, tout incident est quelque chose. Un spectacle que nous eûmes aussi fut celui des marsouins, qui étaient en immense quantité, et venaient sauter et faire leurs plongeons autour du vaisseau. On prit à bord un énorme requin, horrible animal, effroi des matelots, qui le regardent comme leur ennemi. Quand on voit la double rangée de scie qui lui sert à couper une jambe comme ferait un rasoir, on comprend l'effroi qu'il inspire au pauvre matelot exposé à tomber à la mer. La chair du requin n'est pas bonne; cependant, les matelots s'en arrangent.

Le 14, l'Empereur prit sa première leçon d'anglais que lui donna M. de Las-Cases. Pour passer le temps, on jouait le soir autour d'une table ronde, au 21, macao ou autres jeux de ce genre : l'Empereur, l'amiral et ceux de nous qui voulaient venir prendre place. L'Empereur tenait tout ce qu'on voulait, et il gagnait beaucoup. Le jeu s'échauffa assez pour que le secrétaire de l'amiral, M. Glower, perdît cent louis, ce qui ne l'amusa guère. L'Empereur voyant que l'on jouait trop gros jeu n'en voulut plus.

Avant dîner, il jouait aux échecs ou au piquet avec moi. Le salon où il se tenait était la grande chambre de poupe. C'est la pièce où l'on souffre le plus du mal de mer, en raison de sa position. J'y venais le moins que je pouvais, d'autant plus qu'elle sentait la peinture. Je passais mes matinées assise sur le gaillard d'arrière, près de la roue du gouvernail que deux timoniers manœuvraient, les yeux constamment fixés sur la boussole, en criant à tous moments pour indiquer la marche du bâtiment.

L'Empereur avait sa petite bibliothèque de voyage formée au hasard de quelques livres de la bibliothèque de Rambouillet, que l'on avait pris en passant. Elle se composait de plusieurs caisses prêtes à être mises dans des voitures. Ces livres étaient à notre disposition. C'était une grande ressource; j'apprenais l'anglais en traduisant Rasslas sous la direction du docteur O'Méara ou de M. de Las-Cases, qui me corrigeaient.

Un peu avant le dîner, l'Empereur, l'amiral, les dames, les officiers français, plusieurs Anglais se rendaient dans le salon dit « du mal de mer ». Quand l'Empereur ne jouait pas, il causait; un jour, il parlait de l'Egypte et, ne me voyant pas, il oublia que j'étais là et se laissa aller à parler comme on peut le faire au corps de garde, ce qui m'embarrassa extrêmement et doublement, me trouvant devant des Anglais. L'Empereur s'étant retourné me vit et s'écria : « *Ah! Madame, je ne vous voyais pas*; » et moi de rougir bien plus encore, voyant tous les yeux fixés sur moi.

Les Anglais s'amusaient beaucoup de voir l'Empereur jouer aux échecs avec le grand maréchal, le général Gourgaud ou le général de Montholon alternativement. Il les battait presque toujours ; mais ces messieurs jouaient aussi entre eux, et le général Gourgaud, qui quelquefois gagnait l'Empereur, perdait toujours contre le général de Montholon. Il vit alors que celui-ci se laissait battre volontairement par l'Empereur, ce dont les officiers anglais s'étaient déjà aperçus; ils s'en amusaient beaucoup, disant que c'était un véritable trait de courtisan.

Plus tard, le docteur Worden en parle dans ses lettres (voyez Supplément, page 21). Le général Gourgaud dit à l'Empereur qu'avec lui M. de Montholon ne jouait pas tout son jeu; l'Empereur ne le crut pas. Ce ne fut que des années après qu'il se rendit compte que M. de Montholon était en effet plus fort que lui, et ils n'en jouaient pas moins ensemble chaque jour. Il n'était pas facile de jouer avec l'Empereur: il forçait à faire marcher les pions très vite et s'amusait quelquefois à commencer les parties sans règle; par suite de cette manière, il se trouvait souvent lui-même embarrassé pour sortir d'affaires; mais, au moment où l'on devait croire qu'il perdait la partie, une ressource imprévue, qu'il découvrait dans son jeu, lui donnait l'avantage.

J'ai déjà dit qu'il déjeunait chez lui seul; pendant la matinée, il causait avec ses officiers l'un après l'autre.

Ce fut déjà sur *le Northumberland* que, pour occuper son loisir, il céda aux instances qui lui étaient faites par nous et qu'il commença à dicter ses mémoires sur les guerres d'Italie à M. de Las-Cases, puis au général Bertrand, sur l'Egypte, et aux deux autres généraux. Dans ses conversations particulières du matin, il admettait aussi chaque jour le docteur O'Méara qu'il avait accepté pour médecin. Le docteur parlait italien mieux alors que le français, et c'était toujours dans cette langue qu'il causait avec l'Empereur, qui s'entretenait avec lui familièrement et sur toutes sortes de sujets.

L'Empereur attachait beaucoup d'intérêt à connaître le caractère, les sentiments pour lui, la disposition d'esprit et les occupations des personnes qui l'entouraient. Il s'était imaginé que j'avais des préventions contre lui pour des raisons que je dirai plus tard, et, parlant de moi avec M. de Las-Cases, avec qui je causais souvent, celui-ci lui rendit compte de ce qu'après une conversation dont l'Empereur faisait le sujet, je lui avais dit : « En venant ici, je n'avais pensé qu'à suivre mon mari ; mais, à présent que j'ai pu apprécier l'Empereur, je m'estime heureuse de lui prouver mon dévouement. » En effet, depuis que je le voyais d'aussi près, je l'admirais sincèrement. Je n'étais pas seule à subir son ascendant : même ceux des Anglais qui étaient arrivés avec le plus de préventions contre lui n'avaient pas échappé à la séduction.

L'Empereur savait par ses officiers quelles étaient les questions qui intéressaient le plus la curiosité des Anglais et les abordait nettement ; il aimait qu'on lui répondît franchement, et cette discussion d'homme à homme l'élevait encore dans l'esprit de celui qui l'écoutait. Ce mélange de véritable grandeur et de simplicité attirait et inspirait confiance.

A table, où la conversation était générale, le sujet qu'il traitait était toujours d'un grand intérêt. Jamais on ne l'entendait sans que l'esprit n'en fût éclairé sur quelques points ou forcé à réfléchir.

Je reviendrai encore à ces conversations, à ce génie si lumineux. L'équipage l'admirait. Il y a dans le naturel et dans des manières vraies quelque chose qui séduit ; avec le matelot comme avec l'officier, il était ce qu'il devait être, s'enquérant avec intérêt de ce dont il devait s'enquérir.

Dans une telle position, il conservait autant de calme d'esprit que s'il eût été aux Tuileries. Il était facile de juger que ce n'était pas un rôle qu'il s'était imposé ; d'aussi près, rien ne se joue longtemps avec succès. Son courage moral, sa liberté d'esprit, tout était de nature et là était le charme.

J'aurai souvent occasion de revenir sur ce côté de son caractère, qui a dû nécessairement rester dans l'ombre pour beaucoup de personnes qui ne l'ont approché que pendant qu'il était sur le trône. Je dirai aussi qu'il était bon, profondément bon ; mais continuons notre *sailing*.

Le fier amiral se défendait autant qu'il le pouvait contre l'influence qu'exerçait l'Empereur ; mais il rendait justice à tout ce qui la motivait et, si l'on avait voulu, il eût été sous le charme.

Cet amiral est celui qui a brûlé la flotte américaine devant New-York.

Sévère, positif, sa haute taille ajoutait encore à son air dur et si orgueilleux. Homme d'amour-propre et de devoir, mais bon, quand on savait le prendre, il manquait de liant et, par cela même, il était d'autant plus nécessaire qu'il en trouvât dans les rapports indispensables que nous avions avec lui. Lorsqu'on avait à traiter avec lui, il fallait surtout aller droit au but et ne pas finasser. Enfin, tel qu'il était, il pouvait être très utile à l'Empereur; tout était là. Les brouiller était donc agir avec égoïsme ou du moins irréflexion. Plus tard, il eût pu balancer la confiance accordée par le Cabinet anglais aux rapports de sir Hudson Lowe et l'on eut à regretter les dispositions dans lesquelles il partit de Longwood. Le capitaine Ross, son beau-frère, était un excellent homme dont nous n'eûmes qu'à nous louer; il ne savait pas un mot de français et, par conséquent, ne pouvait causer avec l'Empereur.

Le 23 septembre, nous passions la ligne et nous eûmes, suivant l'usage, la cérémonie du *baptême*. C'est un grand amusement pour l'équipage et qui lui vaut une rétribution de ceux qui passent la ligne pour la première fois. Les matelots font une mascarade dans le genre de celle du bœuf gras. C'est Neptune sur son char qui vient haranguer le commandant du vaisseau, et le dieu asperge abondamment les *néophytes*; il n'y a aucun moyen d'y échapper. L'Empereur se soumit de bonne grâce à la coutume et fit distribuer une somme convenable, d'accord avec l'amiral.

Pendant la traversée, on eut à s'occuper, en passant, d'une certaine île Saint-Mathieu (je crois), qui a été vue à la hauteur de. . . . . . et que depuis on cherche vainement. Formée sans doute momentanément, par quelque révolution souterraine, elle aura disparu, engloutie par un tremblement de terre.

Notre navigation, fort heureuse, fut un moment contrariée par les calmes que l'on rencontre ordinairement sous la ligne. La mer est alors sans aucun mouvement et ressemble à une nappe d'huile. Des bouteilles jetées près du vaisseau y restèrent longtemps comme dans une mare. On écrivit dans quelques-unes le passage de l'Empereur. Peut-être les trouvera-t-on un jour ensevelies sous le sable de quelque plage déserte!

Pendant ce temps d'inaction, on s'occupa à bord à réparer les gréements; les matelots déploient les voiles sur le pont, les recousent et les remettent en état.

Notre traversée fut de *deux mois et dix jours;* au lieu de passer du côté du Brésil, l'amiral avait préféré naviguer du côté de l'Afrique, et longer la côte de Sierra-Leone où les Anglais ont un établissement. Il est possible qu'il ait voulu éviter la rencontre éventuelle d'une escadre américaine qui aurait pu vouloir délivrer l'Empereur. Au surplus, notre convoi était assez nombreux pour ne rien craindre de ce genre.

Enfin, le temps s'écoulait; on s'attendait à voir terre et ce fut pour nous une grande nouvelle lorsque, le *14 octobre, à six heures du matin*, on signala Sainte-Hélène. Au cri de : *Land!* nous montâmes tous sur le pont.

On ne voyait encore rien à la vue simple et du pont; mais, bientôt, Sainte-Hélène nous apparut avec les rochers noirs et hauts qui la bordent du côté de la rade de James-Town.

On sait, ou on ne sait pas, car jusque-là on ne s'était guère occupé de cette île, qu'elle a été découverte par les Portugais il y a deux cents ans et qu'elle sert de relâche aux vaisseaux qui reviennent de l'Inde et de la Chine. En allant, c'est au Cap que touchent les flottes, et elles ne passent pas en vue de l'île. En venant d'Europe, on est obligé de la dépasser et d'aller prendre les vents pour y aborder, tandis qu'en venant de l'Inde, ils y portent. Mais j'aurai le temps de la décrire avec tous ses agréments et désagréments. Nous voilà en vue du port : il faut d'abord débarquer. Nous avions fait si bonne route et *le Northumberland* était si bon marcheur, que l'amiral avait cru arriver le premier de sa flotte. Mais déjà *la Havane*, que commandait le capitaine Hamilton, nous avait précédés de quelques jours.

L'île appartient à la Compagnie des Indes.

Le colonel Wilkes en était gouverneur. Il vint en mer au-devant de nous. Son canot était monté par des noirs, vêtus de blanc avec des ceintures rouges. Ce n'était plus l'Europe, mais l'Afrique, ou l'Amérique ; car on n'avait pas encore décidé alors si cette île, située presque à égale distance des deux continents, devait être classée géographiquement dans le domaine de l'un ou de l'autre ; depuis, la question a été résolue en faveur de l'Afrique.

M. Wilkes est un homme de formes aimables, d'une belle figure, à qui des cheveux prématurément blanchis donnaient déjà l'air vénérable, un de ces hommes qui, dès l'abord, inspirent la sympathie, dont la physionomie révèle une belle âme.

Il était étonné, comme on peut le croire, de voir Napoléon dans ces parages. C'était tout à fait un événement des *Mille et une Nuits*. On se figure l'effet que devait produire une telle apparition sur un homme qui vivait dans son île depuis de longues années, n'y recevant que rarement des nouvelles d'Europe, nouvelles qui, ordinairement, dataient d'un an, ayant passé par l'Inde ou la Chine. Il résultait nécessairement de cet isolement de la famille Wilkes qu'elle était peu au courant des affaires de ce monde.

Le 15 octobre, à dix heures du matin, on jeta l'ancre.

L'aspect de l'île, du côté du port, n'est pas riant. La vallée de James-Town est resserrée entre deux hautes montagnes.

Quelques palmiers que l'on aperçoit au milieu des maisons donnent au paysage une couleur locale d'un effet agréable.

Nous passâmes la journée du 16 sur le pont, à regarder notre prison.

Le 17 au matin, l'amiral engagea le général Bertrand à l'accompagner à terre pour choisir la maison qu'habiterait l'Empereur.

James-Town, composé d'une rue large, rue principale, et de deux autres plus courtes, forme un Y. Il n'y a guère plus de soixante maisons. Elles sont bâties à l'anglaise et meublées suivant l'usage des colonies.

On aurait dû, ce me semble, loger l'Empereur au *château*, grand bâtiment fort commode; mais l'amiral s'y établit, ce qui nous parut une inconvenance.

En conséquence, le grand maréchal disposa les logements dans la maison Portions, qui était beaucoup trop petite pour nous, et, le soir même, nous descendions à terre. C'était une grande jouissance et dont je sentis tout le prix après deux mois et dix jours de traversée.

L'Empereur se trouva fort mal casé. Les fenêtres du salon, au rez-de-chaussée, furent à l'instant encombrées de curieux, ce qui lui déplut fort. Cependant il coucha dans le logement qui lui était préparé.

XV

La Maison Portions.

Le lendemain, 18 octobre, anniversaire de la première journée de Leipzig, il monta à cheval de grand matin, accompagné de l'amiral, pour aller voir Longwood, maison de campagne du lieutenant-gouverneur de la Compagnie.

Cette maison que l'on nous destinait, suffisante pour une famille, n'était pas assez grande pour nous, et il fallait deux mois pour la mettre en état d'y recevoir l'Empereur. Il s'était exprimé sur la déplaisance qu'il éprouvait à rester en ville aussi mal logé, lorsque, en descendant de Longwood, qui est à cinq milles de James-Town, il aperçut une petite habitation nommée « les Briars » ; il s'informa à qui elle était. On lui dit qu'elle était occupée par la famille Balcomb. Il témoigna le désir de la visiter, et l'amiral s'empressa de l'y conduire. Il y avait un pavillon séparé qui se composait d'une seule grande pièce et de deux petites chambres au-dessus. L'Empereur demanda à y camper. On eut beau lui objecter que c'était beaucoup trop petit pour lui, rien ne put le faire renoncer à sa fantaisie. L'amiral s'y prêta et le bivouac fut établi à l'instant même. M. Marchand seul pouvait y recevoir place.

Nous fûmes fort étonnés en apprenant cette résolution soudaine ; nous restions tous forcément en ville, ainsi que les domestiques, cuisines, etc. Les « Briars » ne sont qu'à un quart de lieue de James-Town ; on ne peut y aller qu'à cheval, comme dans toute l'île. Il fut décidé que l'on porterait à déjeuner et à dîner à l'Empereur.

L'amiral mit à la disposition du grand maréchal tout ce qui était nécessaire pour les transports qui eurent lieu le même jour. Le service se faisait dans de grands paniers. Il y avait dans le jardin des « Briars » une espèce d'abri ; on y établit ce qu'il fallait pour dresser fourneaux, boules, cloches, etc.

Le grand maréchal put s'apercevoir alors que la facilité qu'il avait mise à se contenter pour l'Empereur de la première maison venue mise à sa disposition avait déplu. En effet, elle n'était pas convenable, surtout lorsqu'il y avait le château, où l'Empereur aurait été très bien. Ce ne fut pas tout, ce bivouac dérangeait le service ; les gens de l'Empereur se plaignaient de ne plus recevoir d'ordre du grand maréchal et venaient en demander au général de Montholon, qui ne pouvait en donner. Enfin, tout pour le moment allait de travers.

Pour nous, nous étions bien servis quant à la table, puisque nous avions la cuisine à la maison ; mais l'Empereur l'était inévitablement fort mal.

On sait combien il était sobre et peu sensible au plaisir de la bonne chère; cependant, pour de certaines choses, malgré la simplicité de ses goûts, il était assez difficile.

Ainsi, par exemple, il tenait à la soupe, à ce qu'elle fut chaude, et à ce sujet, il disait que les prisonniers, qui supportaient les plus grandes privations, cédaient toujours à celle de recevoir la soupe absolument froide.

Un jour, il arriva justement qu'à son dîner, elle ne fut pas servie chaude, ce qui était assez simple avec l'arrangement de la faire venir de la ville; il prit de l'humeur, gronda. Son service se plaignit alors qu'il ne recevait pas d'ordre. Le résultat de cet incident fut que les domestiques désertèrent notre maison Portions sans prendre d'ordre du grand maréchal; cuisinier, maître d'hôtel, chef d'office se rendirent aux Briars, et bivouaquèrent autour du pavillon.

Le 31, l'amiral fit dresser une tente; elle était attenante à la chambre de l'Empereur et lui servit de salle à manger. L'Empereur fit demander M. de Las-Cases, qui prit la chambre de M. Marchand, et celui-ci s'arrangea comme il put.

Le grand maréchal, le général Gourgaud, et le général de Montholon, alternativement, allaient tous les matins aux « Briars ». L'Empereur dictait un peu et se promenait dans le petit jardin des Balcomb, surtout dans une espèce d'avenue qui conduisait à la maison.

Pour nous, on nous avait procuré un cuisinier, qui nous faisait faire la plus mauvaise chère possible.

Nous déjeunions tous ensemble, et ces messieurs partaient après le déjeuner.

Nous voyions assez de monde en ville. Le lieutenant-gouverneur colonel Skelton et sa femme, qui y étaient alors établis, nous donnèrent un dîner bien servi.

Nous voyions chaque jour l'amiral, son secrétaire le colonel Bingham, excellent homme, le docteur Worden, le docteur O'Méara, le capitaine Hamilton de *la Havane*, d'autres capitaines de la flotte, plusieurs des officiers de marine et de terre, et les notabilités de l'île. La fille de la maison, miss Portions, nous présenta une de ses amies, miss Kneips, la plus jolie personne que l'on puisse voir : grande, blonde, d'une belle taille, figure polonaise, sa fraîcheur, sa beauté l'avaient fait nommer à juste titre « Bouton de Rose ». On ne l'appelait pas autrement. Sa mère était veuve d'un officier de la Compagnie et vivait là de quelque modique pension. Nous eûmes occasion de remarquer que les jeunes personnes de l'île avaient de très beaux cheveux, ce que l'on attribue à l'air de la mer.

Je passais alors beaucoup de temps seule. En arrivant à terre, j'avais été très souffrante par suite de la traversée, mon fils l'avait très bien supportée. Ma chambre donnait sur le jardin de la Compagnie. J'avais sous mes fenêtres des bananiers et ces deux palmiers dont la vue m'avait frappée en arrivant dans le port; au delà, je voyais la mer.

Il faisait excessivement chaud; cette nature différente de notre Europe, ces noirs, ces Chinois, cette couleur locale et des colonies, tout cela me charmait.

La température, dans cette vallée, s'élève à l'ombre à 80° (de *Farenheit*), ce qui fait environ 35° de Réaumur.

Le port est situé au nord-est et se trouve abrité de tout vent par les montagnes qui l'environnent des trois côtés, et la chaleur s'y concentre, et on nous disait qu'il faisait presque aussi chaud que dans l'Inde.

Ma chambre n'était meublée que de fauteuils de canne; il y faisait une chaleur affreuse. Au lieu de rideaux, des paillassons chinois à figure étaient posés aux fenêtres pour garantir du soleil; mais il m'importe, tout me plaisait. Je lisais beaucoup, nous nous promenions dans la rue, et notre distraction était d'entrer dans la seule boutique de la ville, chez le juif Salomon qui alors n'avait rien.

Pour donner une idée de l'isolement de l'île avant notre arrivée, on saura que, depuis deux mois, on ne trouvait pas une épingle à acheter; les dames étaient obligées de coudre leurs robes pour en remplacer l'usage. L'amiral nous donna quelques dîners fort bons, fort bien servis. Il avait mis grand soin et grande activité à envoyer à Benguala, sur la côte d'Afrique, au Brésil et au Cap, pour en ramener des bœufs, de la farine et toutes sortes d'approvisionnements. L'île n'offre de ressource qu'en volailles que l'on y élève pour fournir les vaisseaux, lors du passage annuel de la flotte des Indes et de la Chine. On avait apporté beaucoup de tout ce qui se conserve en épiceries anglaises; enfin, on pouvait s'en tirer avec de bons cuisiniers. Pour nous, Mme Portions, qui avait la direction de notre table, nous faisait faire pauvre chère. On comprend la peine que donnait la fourniture des vivres nécessaires pour la table de l'Empereur et la nôtre, et l'accroissement qui se trouvait dans la consommation par notre arrivée, équipages des vaisseaux, troupes de terre, en ce pays où l'on ne tue un bœuf que par l'ordre du gouverneur. Le bétail souffrait beaucoup de la traversée de la côte d'Afrique à Sainte-Hélène, il était en mer trois semaines ; on le mettait en pâture, mais il n'en devenait pas plus gros. Comme il n'y a pas de moulin dans l'île, on transportait du Brésil le blé en farine ; elle prenait un mauvais goût à fond de cale et arrivait plus ou moins avariée. Il en résultait que nous avions toujours du mauvais pain. L'Empereur disait que c'était une grande privation pour des Français, et c'en était une grande pour lui.

XVI

« Les Briars ».

Il y avait déjà quelques jours qu'il était établi aux « Briars ». J'étais souffrante, et je n'avais pu aller encore le voir. M. de Las-Cases m'en fit le reproche et me dit que l'Empereur s'en étonnait. M. de Montholon m'apprit aussi alors qu'il lui en avait parlé, et il fut décidé que j'irais le lendemain. Je m'y rendis à cheval. Mon mari, qui était venu me chercher pour m'y conduire, me prévint que j'y dînerais. M. Balcomb avait mis sa maison à notre disposition pour que nous puissions changer de toilette.

En arrivant, nous trouvâmes l'Empereur dans l'avenue ; il s'y promenait avec plusieurs personnes. Nous mîmes pied à terre, et le premier mot qu'il m'adressa fut que j'avais bien tardé à venir ; je m'en excusai sur ma santé. Après quelques tours d'allée, il se dirigea vers le pavillon et, en entrant dans la chambre, seule pièce qui composait tout son appartement : « *Voilà, Madame,* me dit-il, *mon salon, ma chambre à coucher, mon cabinet de travail,* etc., etc. » et plaisanta sur son campement improvisé fort gaiement et de fort bonne grâce. Il voulut que je lui donnasse des détails sur la manière dont nous passions notre temps en ville et sur les personnes que nous y voyions, et, me parlant de sa position, il me fit quelques plaintes de l'amiral. Comme je cherchais à le calmer sur le sujet présent de son mécontentement, ne prévoyant que trop que ces querelles seraient fâcheuses, il me dit en riant que j'étais la favorite de l'amiral et que c'était pour cela que je le défendais. Il m'engagea aussi à entretenir des relations avec la famille Balcomb, dont il parut content : « Ce sont de bonnes gens, » furent ses expressions. Après une assez longue conversation, il me dit de revenir souvent, puisque je ne craignais point de monter à cheval, et il me permit d'aller quitter mon amazone; il me fit voir les alentours de son habitation et le jardin. On y avait établi le bivouac de cuisine et d'office du service de l'Empereur et j'y vis chacun à son poste.

La maison est petite, bien arrangée; située sur la hauteur, elle domine la vallée de James-Town, la ville et la mer. A quelques pas de l'habitation se trouve une cascade, dite des Briars; la chute d'eau est de peu de volume, mais abondante. Elle fournit de très bonne eau aux vaisseaux qui reviennent de l'Inde et de la Chine. Cette source offre la particularité d'augmenter dans la sécheresse. Dans les moments où elle a le plus de volume, elle est toujours enveloppée par la vase, qu'elle détache, ce qui nuit à son effet. Un jardin cultivé au milieu de cette maison sévère formait un contraste bizarre et agréable. C'était la civilisation au désert.

La famille des « Briars » se composait de M. et de Mme Balcomb et de leurs deux filles. M. Balcomb ne parlait qu'anglais. On disait que les liens du sang l'attachaient à la famille royale d'Angleterre. Le fait est qu'il a toujours été protégé par le Gouvernement, qui lui a donné des places lucratives; mais il n'a jamais su faire fortune. Mme Balcomb était une excellente femme, de bonnes manières; elle ne savait guère plus de français que son mari; on voyait que sa santé était usée par le climat. Jane, l'aînée des filles, avait seize ans; la seconde, Betzy (1), n'en avait que quatorze et en paraissait dix-huit : petite, assez jolie, blonde, espiègle, aux yeux de chat. Elevée comme une petite sauvage, elle ne se doutait de rien de ce qui est usage du monde et se trouvait aussi à son aise avec l'Empereur qu'avec le plus simple officier de l'île, parlant à tort et à travers sans la moindre timidité; son étourderie, sa vivacité amusaient beaucoup l'Empereur. L'aînée était plus posée, brune et moins bien au physique que l'autre. Les deux sœurs parlaient

---

(1) Betzy Balcomb a laissé des *Souvenirs* fort intéressants sur le séjour de l'Empereur aux « Briars ». Une nouvelle traduction vient d'en être publiée par MM. Grasilier et Le Gras (Plon, in-18), 1898.

français; ce fut une grande ressource pour l'Empereur, et fort utile. Cette famille était aux petits soins pour lui et enchantée de la simplicité de ses manières et de sa bonté.

Je retournai au pavillon. On dîna aux lumières; il y avait le général Bertrand, le général Gourgaud et mon mari. L'Empereur, pendant le dîner, parla beaucoup de Longwood dont on poussait les travaux, de la manière dont nous y passerions le temps. Il fut aimable et je trouvai sa conversation remplie de grâce. Au dessert, il nous fit la lecture d'une tragédie; il me demanda celle qu'il me plaisait le plus d'entendre et finit par choisir *Zaïre*. Il ne lisait pas d'une manière remarquable, mais sa lecture l'intéressait; il s'arrêtait sur ce qui lui paraissait faux ou juste, il motivait son avis avec le sentiment du vrai et du beau. Je l'écoutais attentivement et sa conversation me charmait. On a beaucoup dit qu'il n'avait pas le goût de la littérature : il l'avait au contraire extrêmement, mais, pendant son règne, d'autres intérêts lui ôtaient le temps de s'en occuper.

Il était tard lorsque je quittai « les Briars », au moins onze heures. Je revins chez les Balcomb pour remettre mon habit de cheval. La famille était déjà retirée. Je me déshabillai dans la chambre des jeunes personnes; elles étaient au lit : Betzy partageait le sien avec la petite Young Hosband qui était venue lui faire visite. Je me déshabillai et, pendant ce temps, Betzy disait cent folies, comme une jeune fille mal élevée.

Puis nous rentrâmes à la ville. Cette course me parut fort agréable; dans ce climat, les nuits sont si belles! Le chemin descendait en pente raide et était tout couvert de pierres roulantes qui tombaient incessamment de la montagne.

Je retournai plusieurs fois aux « Briars » jusqu'au moment où nous fûmes à Longwood.

Le 31 octobre l'amiral fit dresser une tente attenante au pavillon qu'occupait l'Empereur, qui en fit sa salle à manger et son cabinet de travail. Dès les premiers jours de l'établissement, l'amiral lui avait envoyé des chevaux. Le 10 novembre, l'Empereur, mécontent de l'amiral, les lui fit renvoyer. Le 12 novembre, M. Balcomb donna à dîner aux officiers de l'Empereur et à plusieurs Anglais. Le 14, il y eut bal chez le gouverneur. La famille Balcomb dîna chez l'Empereur; au dessert, il fit venir sa porcelaine pour la faire voir aux jeunes personnes; elles l'admirèrent beaucoup. Le 17, on prévint les Français que l'on ne pourrait rentrer en ville, passé huit heures du soir, sans avoir le mot d'ordre.

Le 20 novembre, l'amiral donna un bal à la colonie. De tous les coins de l'île arrivèrent de jolies personnes en robe blanche et corset rose. De beaux cheveux, leur fraîcheur et leur âge les dispensaient d'avoir besoin de parure. La famille Wilkes, quelques femmes d'officiers de la Compagnie, enfin, tout ce qu'il y avait de notabilités de terre et de mer y parut. Les hommes étaient en uniforme, les femmes bien mises; la salle où l'on dansait était très grande, bien aérée par des fenêtres de chaque côté; ce fut enfin fort joli. Mme Bertrand y vint bien mise. Je me trouvais, je ne sais comment, une robe de bal et une parure d'émeraudes entourée de diamants qui fit un effet merveilleux; je dansai et m'amusai beaucoup.

Quand je retournai aux « Briars », l'Empereur voulut avoir des détails sur le bal et sur nos toilettes; il savait déjà que nous y avions été élégamment mises et il en était bien aise. Il s'amusait beaucoup de ces détails. Je n'ai jamais vu personne avoir l'esprit plus présent à tout et s'intéressant plus à la vie réelle; rien ne lui échappait et il se ressouvenait des moindres petites choses. Cette disposition naturelle mettait beaucoup de facilité dans l'habitude de la vie et en ôtait toute gêne.

J'ai dit que j'avais amené une femme de chambre française. Comme elle partageait son service entre moi et mon fils, je fus obligée de chercher une seconde femme. Il était difficile de trouver de bons domestiques, une femme surtout; on nous avait prévenus que les négresses, les mulâtresses étaient en général d'une très mauvaise conduite; on me présenta une jeune personne blanche, fille d'un soldat de la Compagnie et qui n'avait jamais quitté son père, vieux soldat retiré. Sa figure charmante prévenait en sa faveur; je l'arrêtai de suite. On la nommait Esther. J'aurai occasion d'en reparler. Nous prîmes aussi un valet de chambre anglais, mais nous ne pûmes le garder que peu de temps.

Cependant, les travaux de Longwood s'avançaient. La maison était à peine prête à nous recevoir, que l'Empereur, ennuyé de son campement, témoigna le désir d'y aller de suite. Un matin, il décida avec l'amiral que le grand maréchal logerait à Housegate, en attendant qu'on lui eût fait un logement à Longwood; que nous, qui n'avions qu'un enfant, nous logerions avec lui et que M. de Montholon mènerait la maison. Il dicta les ordres de départ, de logement, et nous reçûmes l'ordre d'aller l'attendre à Longwood, où il arriverait quelques heures après.

Pour s'y rendre de James-Town autrement qu'à cheval, il faut trois heures, pendant lesquelles on monte toujours. J'avais à transporter mon enfant, mes bagages, et j'y fus en voiture attelée de bœufs pour monter la montagne. Je n'avais pas encore vu Longwood et l'on peut croire avec quel intérêt je m'approchais d'un lieu où nous devions passer un temps indéterminé et dans une telle position? Le temps était sombre, il pleuvait sur la montagne, ce qui donnait à cette nature, déjà si sévère, un aspect encore plus triste. Avant d'arriver à la porte d'entrée, la route se trouve resserrée entre la montagne et un précipice profond, appelé à juste titre « le Bol de punch du Diable » ; et en effet il a cette forme.

XVII

Installation a Longwood. — Description de l'île.

La porte de Longwood, qui se trouve bien loin de l'habitation, se présentait fort garnie de soldats, ce qui ne me plut guère. Les sentinelles étaient placées à distance, tout enfin sentait la prison d'une lieue.

Je pris possession de mon appartement; c'était une grande pièce attenant à la salle à manger, de plus un cabinet et une petite antichambre.

L'Empereur arriva peu après nous, à cheval; nous allâmes au-devant de lui. Il visita d'abord la maison, et chacun fut chez soi pour se préparer pour le dîner.

Mais avant de parler de Longwood, je dirai quelques mots de l'île, que je n'ai pas encore décrite.

Elle fut découverte par les Portugais le 18 août, jour de la fête de Sainte-Hélène, d'où elle prit son nom, il y a deux cents ans. Elle est située à 15°,55' de latitude sud et à 5°49' de longitude ouest de Greenwich, distante de la côte d'Afrique de 900 lieues, et de celle du Brésil de 1,300.

Sa plus grande longueur est de 10 milles 1/2, et sa plus grande largeur, de 6 milles 3/4; sa circonférence est de 28 milles anglais, et sa superficie, de 30,300 acres.

La ville, port de James-Town, est située au nord-ouest, entre deux hautes montagnes, celle de Ladder-Hill à l'ouest et celle de Rappert à l'est.

L'ancrage y est sûr et de 8 à 25 brasses; il peut être pris à la longueur d'un câble du rivage. La population, quand nous sommes arrivés, n'était guère que de 1,500 âmes, dont 500 noirs ou mulâtres, 500 hommes de garnison et 500 colons.

Cette île est une production volcanique; ses flancs et ses montagnes, dans de certaines directions, sont sillonnés profondément par les pluies et régulièrement, comme si la charrue y avait passé.

La nature de la terre est calcaire, les vallées y sont étroites, les montagnes élevées; l'île est divisée inégalement par une chaîne de hautes montagnes, de l'est à l'ouest, dans une direction courbée, qui s'incline au sud à chaque extrémité. Des ramifications, formant des vallées, se détachent dans diverses directions, mais surtout du nord au midi. Le point culminant de l'île est *Diana's Pick;* il se trouve à l'extrémité orientale de la chaîne principale et s'élève à près de 2,700 pieds au-dessus du niveau de la mer. Les autres pics sont : *Cuckold's Point*..... 2,672 pieds; *Hulley's Point*...2,467. Ces pics, avec celui de Diana, font partie de la même chaîne et sont presque toujours cachés par les nuages. — Puis : *Flog's Stoff,* 2,272 pieds; *Ahebrun*..... qui penche sur la mer, 2,015 pieds; *Allarm House*, situé au centre, 1,960 pieds; *High Knolt*, au midi de Ladder-Hill, 1,903 pieds; *Longwood House*, où nous étions, 1,762 pieds.

Les hauteurs sont boisées par le cobbaye de l'île (c'est un bois de charpente); le reil wovel, espèce d'ébénier; le string wovel, et aussi par le dog wovel et autres arbres et arbustes indigènes : l'arbre à gomme, dont il y a trois espèces, le commun, le bâtard et le nain qui ne s'élève qu'à 3 pieds; sa fleur, ainsi que celle du commun, ressemble à la marguerite; la feuille du bâtard est plus douce, son écorce est moins gommeuse que celle des autres, ses fleurs forment de petits bouquets. La gomme sort du tronc de l'arbre; elle est abondante, aromatique, elle s'épanche en liquide d'une saveur douce; pour l'obtenir, on pose une bouteille qui la reçoit et se trouve remplie en une nuit. Ce bois est bon aussi pour bâtir, mais doit être préservé de l'eau.

Dans les endroits où la terre est végétale, on peut cultiver avec succès les produits de l'Europe et de l'Amérique.

Le gouvernement anglais a cédé l'île en 17..... à la Compagnie des Indes, qui en retire une grande utilité pour la relâche des vaisseaux qui reviennent des Indes et de la Chine, ce qui évite d'aller relâcher au Cap, qui mérite toujours son premier nom de *Cap des Tempêtes*, changé depuis en celui de *Bonne-Espérance*. Entre le Cap et Sainte-Hélène, la mer est terrible et la navigation dangereuse. Il faut trois semaines pour faire le trajet de Sainte-Hélène au Cap et seulement neuf jours pour le retour, à cause des vents alizés du sud.

La Compagnie admet pour les travaux de la colonie des Tartares chinois que les vaisseaux prennent en contrebande sur le rivage de la Chine. Ils viennent y amasser quelque argent à son service, où ils sont bien payés à raison d'un shelling par jour et nourris.

Lors de notre arrivée, on en fit venir 900. Ils viennent sans femme et ont un campement à part. Leur propre chef est soumis à un supérieur pris dans la Compagnie. Ils font leur cuisine et ne mangeraient rien qui fût préparé par des étrangers; ils ne savent pas un mot d'anglais, mais ils sont fort intelligents et servent pour toute espèce de travaux au jardin et comme domestiques. Ils sont un peu voleurs et aiment le vin. Leur ivresse est dangereuse; dans cet état, ils poursuivraient un couteau à la main celui qui les y exciterait par quelque querelle. Ainsi que nos Savoyards, lorsqu'ils ont amassé quelque argent, ils retournent dans leur pays; on les y dépose sur la côte.

Leur gouvernement ne permet pas leur émigration; si on la connaissait, ils en seraient punis.

Les colons se recrutent parmi les personnes attachées à la Compagnie, qui se marient et s'établissent là. Dans l'isolement de la mère patrie et de toute communication autre que celle du retour annuel de la flotte des Indes, ils sont d'une ignorance qui passe toute imagination; il n'y a aucune ressource d'éducation pour l'un ou l'autre sexe.

On oblige les noirs à envoyer leurs enfants à l'église. Lorsque j'étais en ville, des fenêtres du salon, je les voyais s'y rendre; ils étaient habillés proprement, mais on exige qu'ils restent pieds nus, pour les distinguer des blancs et les entretenir dans la soumission. Ces pieds nus formaient un triste contraste avec la robe de mousseline et la ceinture de soie que portaient les filles.

Moins malheureux que dans les autres colonies, ces noirs de l'île étaient cependant encore soumis à une autorité toute exceptionnelle et fort despotique. Ceux qui appartenaient aux particuliers avaient pourtant, en cas de punition, droit d'appel au conseil de l'île, établi sous la direction du gouverneur.

Ce conseil se composait : du gouverneur, président, du lieutenant-gouverneur et de trois conseillers choisis par la Compagnie des Indes, parmi les plus notables alors et nommés par le Roi.

Les punitions exercées contre eux sont : la prison, l'exil à l'Ascension (à 300 lieues de Sainte-Hélène) et les coups de corde ; mais, en général, ils sont traités doucement.

Les colons mangent peu de viande fraîche ; on ne peut tuer de bœuf ou autres bestiaux servant à la consommation qu'avec la permission du gouverneur, et c'est lui qui en autorise les distributions sur demande des intéressés.

On élève abondamment de la volaille : dindes, canards, poulets et aussi des cochons de lait; mais tous ces vivres y sont d'une chèreté extrême; un dinde coûtait 24 francs et le reste à l'avenant.

Les légumes et les fruits que l'on cultive ne sont pas bons. Il y a des petites pêches d'une espèce dure et de couleur jaune. Nous n'avions aucun de nos beaux fruits d'Europe ni de ceux de l'Amérique, ce qui eût été un dédommagement. Les orangers viennent hauts comme de vrais arbres, mais les oranges n'en sont pas bonnes.

Cependant, tout viendrait sous ce climat ; mais le jardin de la Compagnie, qui aurait dû être le modèle de la culture, était loin d'avoir atteint quelque perfection ; il servait à faire des essais qui, en général, réussissaient, mais l'on en restait là .L'eau ne manque pas, elle demande seulement à être rassemblée et dirigée, ce qui est, je le sais, un grand travail. Il sort de chaque montagne des sources de belle eau ; il faudrait les capter, les rassembler et assurer un courant régulier aux petits ruisseaux qu'elles forment. Il n'y a point de belles cascades, excepté celles de Fisher et celle des Briars.

Une particularité qu'offre cette île, c'est que l'on n'y entend jamais tonner et que l'on n'y voit pas même d'éclairs. J'ai pourtant observé que l'on a entendu tonner le jour de la mort de l'Empereur.

Les habitations sont espacées sur toute l'île il y en a quelques-unes d'assez jolies, petites et sans aucune espèce de confort.

Le gouverneur peut habiter le château ou la ville; il préfère avec raison Plantation-House. Cette habitation est située sur la hauteur du côté sud-ouest de l'île et n'est qu'à 3 milles du port de James-Town; la maison est distribuée convenablement, ce serait partout une résidence agréable.

A Plantation, ainsi qu'à Longwood, le thermomètre ne s'élève en été qu'à 72° Fahrenheit, et en hiver à 55°. De ce côté de l'île, il y a beaucoup de végétation, de hauts bois; le chêne y vient à côté de l'oranger arbre. Il y a aussi un jardin cultivé de serres : entouré de montagnes, l'on domine la mer; la famille Wilkes s'y plaisait beaucoup et préférait y vivre qu'en Angleterre. C'est cette habitation que l'on aurait dû donner à l'Empereur, au lieu de Longwood, situé du côté opposé, où il manque de terre végétale et où il ne vient rien. Les raisons que l'on donnait pour motiver un tel manque de convenances étaient que, de ce côté-là, il eût été plus difficile de bien garder et que les Français auraient pu prendre connaissance des fortifications de Ladder-Hill. Je crois que la vraie raison était tout simplement que c'était la meilleure maison de l'île et que sir Hudson Lowe, successeur de M. Wilkes, préféra la garder pour lui-même. L'amiral ne s'y était pas établi, lorsqu'il remplaça provisoirement le colonel Wilkes, qui retourna en Angleterre parce que l'arrivée de l'Empereur avait obligé le gouvernement à reprendre en main l'administration de l'île.

Longwood est situé du côté nord-est de l'île, sur un plateau élevé de 1,762 pieds au-dessus du niveau de la mer. Ce plateau, qui a environ 1,500 acres (1) de superficie, est entièrement couvert de gommiers (gumistree) et domine la mer; on la voit du côté du levant sans obstacle; un des revers tombe à pic, mais à distance. Le gommier, à feuilles rares et courtes, ne donne point d'ombre et il ne vient pas très haut, et pousse chaque arbre à distance de ses voisins comme les plantations d'un verger. Le vent du sud-est (alizé du sud) qui souffle incessamment, venant du Cap et sans que rien en préserve, courbe cet arbre qui pousse ainsi (2). Je ne puis mieux le comparer qu'à ces

(1) L'acre équivaut à environ 50 ares. — Du C.

(2) Par exemple, comme il arrive dans la vallée du bas Rhône et dans les plaines de la Crau, où le mistral incline aussi tous les arbres. — Du C.

arbres de plomb que l'on fait pour les enfants. C'était là notre bois de Boulogne!

Autour de la maison, nous avions un jardin partiellement ombragé par de grands et beaux arbres formant une allée de ceinture ; le reste en plein soleil et en plein vent; l'herbe des gazons était toujours jaune. Une haie d'aloès, dont les tiges s'élevaient comme une rangée de piques, formait l'enceinte du côté de la porte d'entrée principale.

C'était à grand'peine que l'on parvenait à faire venir quelques légumes dans ce terrain privé de terre végétale ; néanmoins, quelque aride qu'il fût, il y a sous ces latitudes une telle force de végétation, que l'on pouvait transplanter de grands arbres sans qu'ils périssent, et l'on fit de cette manière des plantations dans un des petits jardins attenant à l'appartement de l'Empereur. Cet emplacement formait deux parterres.

La maison se composait d'un rez-de-chaussée assez grand pour une famille ; mais pour nous y recevoir, il avait fallu y ajouter des logements. On avait construit à la hâte et fort mal ceux de M. de Las-Cases et du général Gourgaud. Le docteur O'Méara et le capitaine Popleton, qui était à poste fixe à Longwood, logeaient dans les attenances, en retour après les cuisines.

A bonne distance de la maison était placé le corps de garde dont j'ai parlé. Le camp avait été établi dès notre arrivée sur le même plateau, à un quart de lieue de Longwood, sur le champ de Deudword.

Pendant le jour, les sentinelles étaient placées hors de notre vue, excepté une dont la guérite restait sur le revers qui tombe dans la vallée au-dessous de Longwood. Nous l'avions nommée Vallée de la Nymphe, en l'honneur d'une jolie personne qui y vivait auprès de son père dans une modeste case (1).

Un coup de canon nous annonçait le coucher du soleil ; on plaçait alors les gardes autour du jardin, assez loin encore de la maison, et, à neuf heures, elles venaient l'entourer tout à fait sous les fenêtres.

Le climat de Longwood est très désagréable, humide et excessive-

(1) Miss Robinson ; elle a épousé un officier anglais qui l'a emmenée dans l'Inde. — N. de l'A.

ment variable. Ce côté de l'île est exposé, je le répète, au vent du sud-est qui y souffle incessamment, et les deux périodes des pluies, au printemps et à l'automne, sont très malsaines. A peine arrivés, il nous fut facile de comprendre que ce n'était pas plus *pour le ménagement de notre santé que pour celui de la liberté dont l'Empereur devait y jouir*, que Sainte-Hélène avait été choisie par le cabinet anglais, ainsi que nous l'avait dit l'amiral Keitz. Le temps des pluies nous révéla bientôt le danger de ces latitudes. La dysenterie fit des ravages dans le camp et nous gagna, malgré les ceintures de flanelle que les médecins nous conseillèrent de porter et qu'ils firent prendre à toute la troupe. Les sentinelles qui passaient la nuit dehors étaient par cela même beaucoup plus exposées à cette maligne influence, et la mortalité fut grande; l'air de la nuit est bien dangereux sous les tropiques.

Nos docteurs nous prescrivaient aussi de ne jamais nous asseoir sur les gazons, quelque secs et desséchés qu'ils fussent; dans ce climat, les maladies deviennent promptement inflammatoires, un léger refroidissement peut être mortel et vous enlever en trois jours. L'extrême chaleur des endroits abrités du vent et la transition subite que l'on éprouve forcément par la nature du terrain, qui oblige à contourner continuellement les montagnes, sont un danger constant et inévitable.

D'ailleurs, l'habitation de Longwood ne pouvait pas être saine. Elle se composait d'un rez-de-chaussée sans cave; aussi, toutes les pièces étaient-elles plus ou moins humides et celles du nord inhabitables par cet inconvénient.

Le cabinet attenant à ma chambre était tellement humide, que je m'aperçus, peu de temps après mon arrivée, que tout ce que j'y avais mis, bien que dans une commode, était atteint par l'humidité. On comprend que dans une île de 6 lieues de tour, dans un climat où le soleil a tant de force, nous étions constamment dans une atmosphère saturée des vapeurs de la mer. Les nuages étaient quelquefois si bas, que l'on ne pouvait voir le bout du jardin.

Cet air salin et l'ardeur du soleil brûlaient tout; les étoffes de soie passaient de suite, surtout le crêpe de Chine.

Un des désagréments de ces latitudes est l'égalité constante des nuits et des jours; il n'y a ni aube, ni crépuscule; le soleil sort de la mer à six heures du matin et s'y replonge à six heures du soir, et peu après il fait nuit close ; aussitôt qu'il était couché, nous ne pouvions plus sortir de l'enceinte ; les sentinelles se rapprochaient et nous privaient de prolonger nos promenades du soir. On nous disait, pour nous consoler, que c'était trop heureux pour notre santé, le serein étant très dangereux ; nous pouvions cependant nous promener dans le jardin jusqu'à neuf heures, mais accompagnés d'un officier anglais.

Cette restriction et le danger de l'air de la nuit nous empêchaient de sortir. Le ciel des tropiques est si beau la nuit, les étoiles si brillantes, qu'on voudrait pouvoir passer la nuit en plein air. Mais ce plaisir, c'est la mort. Pendant le jour, aussitôt que la chaleur est arrivée, il est impossible de se promener sans prendre mal à la tête ; c'est du moins ce que l'Empereur a toujours éprouvé, ainsi que moi.

Ce n'était donc que de quatre à six heures, matin ou soir, que l'on pouvait sortir dans les moments les plus chauds de l'année. Ce n'est pas qu'à Longwood le thermomètre s'élevât jamais très haut : il ne dépassait pas 72° Fahrenheit ; mais la réverbération de la mer produit sur le cerveau un effet que l'on n'éprouve pas dans le midi de la France, dans les plus grandes chaleurs. Dans les saisons pluvieuses, il fallait faire du feu pour se garantir de l'humidité, nous brûlions du charbon de terre dans des cheminées anglaises.

L'Empereur préférait le bois ; il est rare dans l'île et on n'en fournissait que pour lui seul ; ainsi, le matin nous étouffions, et le soir on se chauffait.

La variation de l'atmosphère était souvent de 10° Réaumur en une même journée. On peut dire que là aucune saison n'est réellement marquée, c'est une variation continuelle de température.

Les arbres ne se dépouillaient jamais de verdure, ce qui, pour nous, est une des marques de l'été et de l'hiver. Les mois de décembre et de janvier sont ceux de l'été. Toute l'année et surtout dans cette saison d'été, nous étions très tourmentés par les cousins (muskites), dont les piqûres étaient extrêmement sensibles. On mettait des gazes aux fenêtres pour s'en garantir ; mais, quelque précautions que l'on prît, ils s'introduisaient toujours. Quand j'étais obligée de garder ma chambre dans la soirée, il m'est arrivé de me coucher pour m'en débarrasser, et je lisais à travers ma cousinière.

L'Empereur, bien qu'il fût toujours en bas de soie, en souffrait peu.

On sait qu'en s'abstenant de toucher à la piqûre dans le premier moment, l'inflammation passe bientôt ; il avait cette patience et nous conseillait d'user de ce moyen. Il nous était aussi très difficile de nous préserver des punaises, même avec des lits de fer ; elles se mettaient dans les rideaux en soie. L'Empereur en avait en soie verte aux deux petits lits de fer que l'on avait apportés avec ses bagages. Il fallut y substituer des rideaux de mousseline. Il n'y a dans l'île aucun animal venimeux, mais, en revanche, des rats d'une grosseur énorme, et une telle quantité qu'ils dégradaient les murs, se mettaient entre les boiseries et faisaient un vacarme affreux dans notre baraque. On craignait pour les enfants qu'ils ne s'introduisissent dans les berceaux et on y veillait continuellement ; enfin, c'était une véritable calamité et nous n'avons jamais pu nous en débarrasser. Les Chinois seuls s'en arrangeaient en ce qu'ils les mangeaient. Le bâtiment était vieux, à la vérité ; mais en se promenant, on voyait ces vilaines bêtes courir sur la terre, et la maison que l'on avait faite pour le général Bertrand, quoique neuve, n'en était guère plus exempte que la nôtre. Il y avait aussi de très gros lézards, mais ces animaux ne sont nullement dangereux.

A peine établi à Longwood, l'Empereur s'occupa de régler sa maison. M. de Montholon la conduisait, le service de l'écurie fut mis sous les ordres du général Gourgaud. L'Empereur, pour son service personnel, n'avait que les deux chasseurs Saint-Denis et Niverras, et un seul valet de pied, Gentilini, Lucquois. Ce n'était pas suffisant, ne fût-ce que pour le service de la table. L'amiral offrit des matelots, on en prit douze ; ils furent habillés à la livrée de l'Empereur et le service fut réparti entre eux. On attacha aussi à l'établissement cinquante Chinois pour l'entretien du jardin et pour le service intérieur, tant de cuisine que de chambre ; il y en avait sous les ordres du cuisinier, du chef d'office et pour nos services particuliers. Les vivres étaient chaque jour apportés de la ville au maître d'hôtel Cipriani, en présence du capitaine Popleton, officier de la garde, à demeure à Longwood.

Toute demande que l'on pouvait avoir à faire devait passer par lui. M. Balcomb avait la fourniture des vivres.

On peut juger combien devait coûter l'établissement de Longwood, dans une île qui, par elle-même, n'offre aucune ressource et qui est située à trois semaines de navigation des deux continents d'Afrique et d'Amérique. La dépense s'élevait, la marine et les troupes extraordinaires comprises, à 8 millions, ce qui est énorme, et nous ne pouvions être bien ; et encore était-il ajouté de l'argent de l'Empereur, 12,000 francs par mois.

L'amiral n'ayant pas voulu donner Plantation-House comprit bientôt que Longwood ne pouvait convenir pour un long séjour, et le gouvernement anglais décida que l'on bâtirait une maison pour l'Empereur. Il fallut envoyer les matériaux tout taillés pour bois, etc. ; bien que l'on s'en fût occupé aussitôt que possible, elle ne put être prête qu'au bout de trois ans, et jamais l'Empereur ne l'a habitée.

En attendant, l'amiral avait fait ajouter à Longwood une longue pièce en prolongation du salon, éclairée de trois fenêtres de chaque côté et d'une porte vitrée donnant sur le jardin. Cette pièce, grande et haute, avait 11 pieds de large et 10 de haut ; elle était la seule agréable de l'appartement. Elle servit d'abord de salle à manger, puis on y mit un billard ; et l'Empereur, qui pouvait y marcher à son aise et suivant son habitude, en fit son cabinet de travail ; on y laissa le billard. L'Empereur n'y jouait pas seulement ; en causant et par distraction, il en poussait quelquefois les billes l'une contre l'autre ou les envoyait dans les blouses.

Ce meuble lui était fort utile pour déployer ses cartes et poser ses papiers.

Lorsqu'il était habillé, il passait dans cette pièce, il y dictait et nous y recevait.

XVIII

L'Empereur a Longwood.

La vie de l'Empereur à Longwood a beaucoup varié.

Il a eu d'abord assez de peine à régler l'emploi de ses journées.

Dans les premiers temps de son arrivée dans l'île, il éprouvait une sorte d'ennui qui tenait beaucoup au climat et aussi à l'établissement si incommode des « Briars ».

Dès qu'il fut établi à Longwood, il voulut prendre l'habitude de se lever à cinq ou six heures. Il faisait appeler un de ces messieurs et montait à cheval. En rentrant, il se mettait au bain et déjeunait. On lui servait toujours une soupe que l'on variait le plus possible.

Il la prenait souvent au lait avec beaucoup d'œufs; c'était un lait de poule très sucré qu'il croyait très convenable à sa santé et surtout très rafraîchissant; puis un seul plat de viande, tel que des côtelettes, des beefteaks, des poitrines de mouton; on y ajoutait des œufs frais, des légumes farineux, des lentilles à l'huile, qu'il aimait beaucoup. Pendant son déjeuner, il faisait venir le docteur O'Méara et causait avec lui de toutes choses, du gouverneur d'abord, puis de nos santés et de ce qu'on disait en ville; puis, suivant l'occasion et sa disposition d'humeur, il repassait les événements de sa vie, qu'amenait la conversation ou en réponse aux préventions que l'on avait eues contre lui en Angleterre, ainsi qu'on peut le voir dans le journal du docteur, si véridique et si intéressant. Avant son déjeuner, son maître d'hôtel avait pris ses ordres au moment d'aller en ville. Ce pauvre Cipriani, que nous devions perdre bientôt, était un Corse bien dévoué à l'Empereur, fin et sachant bien mettre à profit sa course quotidienne en ville pour tenir, autant que possible, au courant de ce que l'on avait intérêt à savoir. Après son entretien avec le docteur, l'Empereur causait, dictait, ou lisait; quand il en avait assez, il s'habillait, s'il n'était point déjà sorti; car, dans ce cas, il déjeunait et travaillait en robe de chambre ou pendant son bain. Ce bain, qu'il prenait presque tous les jours, durait deux et quelquefois trois heures, ce qui, je crois, ne lui était pas bon. Mais il avait sur sa santé et sur ce qui lui convenait comme régime des idées particulières que rien ne pouvait lui ôter. Il croyait combattre certaine disposition dont il était quelquefois incommodé et pour laquelle les bains étaient utiles; mais il les prenait trop chauds et trop longs, ce qui l'affaiblissait. Vers trois ou quatre heures, dans les commencements, il me faisait avertir pour nous promener en calèche.

Le général Bertrand, s'il se trouvait là, et Las-Cases montaient avec nous; le général Gourgaud et M. de Montholon accompagnaient à cheval.

Nous allions de toute la vitesse des six chevaux attelés et conduits par les deux piqueurs Archambault.

Il ne fallait guère plus d'un quart d'heure pour faire à ce train le tour du plateau sur lequel on pouvait se promener; on le recommençait et l'on allait si vite, que c'était à en perdre la respiration. Il n'y avait point à varier pour ce genre de promenade, c'était toujours la même chose.

L'Empereur s'en dégoûta en raison de la monotonie de ce bois de gommiers.

Quelquefois on allait voir Mme Bertrand, qui occupait alors une petite maison distante d'un mille de Longwood. Pour y aller, il fallait passer par le corps de garde et sur le chemin assez étroit bordé du précipice. C'était vraiment effrayant et dangereux au train de ces six chevaux ; mais nous n'y pensions pas.

Le dimanche, M. et Mme Bertrand venaient dîner à Longwood et l'Empereur était toujours fort aimable pour elle. Le grand maréchal y dînait plus souvent.

Dès les premiers jours de notre installation à Longwood, l'Empereur me faisait demander au salon pour jouer au piquet. M. de Las-Cases était là et marquait. L'Empereur voulait que nous jouassions cher, et surtout que je le payasse exactement quand je perdais, et lorsque je ne m'acquittais pas immédiatement, ce qui arrivait souvent, il me plaisantait et me tourmentait jusqu'à ce que j'eusse apporté l'argent. Ce piquet avait lieu de deux à quatre heures et était suivi d'une conversation et d'une promenade à pied dans le jardin ; il marchait doucement, s'arrêtait en causant, et cette promenade dans la même allée durait des heures. Il aimait que l'on parlât et que l'on prouvât qu'on portait attention à la conversation, et qu'on y prenait intérêt.

Si l'on était trop fatigué, on cherchait à s'éclipser en se glissant dans une allée transversale ; mais, quelque adresse que l'on mît à exécuter ce mouvement, il ne lui échappait pas, si occupé qu'il fût de sa conversation ; même lorsqu'il était plusieurs pas en avant, il s'apercevait toujours que l'on avait disparu et il ne manquait jamais de dire : « Voilà Mme de Montholon (ou une autre de nous) qui s'enfuit. »

On savait qu'il n'aimait pas ces fugues.

Il en était de même au salon ; il n'aimait pas qu'on le quittât pendant qu'il y était. J'y ai passé quelquefois des heures, soit qu'il vînt une visite ou qu'il y eût des journaux à lire. Si je sortais, il fallait que M. de Montholon lui donnât plus tard un motif plausible de ma disparition et qu'il y crût.

Cependant, aussitôt qu'il sut que j'étais grosse, il trouva tout simple que je quittasse le salon et même la table. Dans les derniers mois de ma grossesse, je me trouvais mal presque tous les jours après le dîner, et si l'on restait à table, j'étais forcée de me lever et de rentrer chez moi. Quand je le pouvais, je revenais habillée sans lacets ni agrafes, et il faisait semblant de ne pas s'apercevoir de ma sortie et de mon retour. Quand je ne revenais pas au bout d'un certain temps, l'Empereur se levait en disant : « *Mme de Montholon ne reviendra plus, allons nous coucher.* » En rentrant chez lui, il faisait appeler un de ces messieurs qu'il gardait jusqu'à minuit et quelquefois plus tard. Aussitôt qu'il entrait dans sa chambre, il sonnait son valet de chambre et se déshabillait. En arrivant à Longwood, il avait quitté son uniforme; mais, du reste, il était toujours, comme à son ordinaire, en frac vert, culotte blanche, gilet blanc, cravate noire, souliers à boucles, chapeau à trois cornes avec la cocarde tricolore, qu'il a gardée longtemps.

Toutes les fois que nous entrions au salon, Mme Bertrand et moi, il ne manquait jamais de se soulever de son siège et d'ôter son chapeau qu'il gardait dans le salon. Il nous a constamment rendu beaucoup de politesse et a toujours exigé que l'on nous en rendît.

Tout le temps que nous étions en couches ou malades, il venait régulièrement chaque jour nous voir. Il amenait ceux de nous qui étaient avec lui ; il s'asseyait près du lit et causait quelques instants. Quand nous étions malades, il envoyait continuellement ses gens savoir de nos nouvelles. Mme Bertrand logeait à H... ; lors de ma première couche (1), elle venait me voir chaque jour, et l'Empereur aurait été très fâché si nous ne nous étions pas rendus mutuellement ces soins de sœurs. Il m'engageait toujours à me soigner et à ne pas sortir trop tôt; mais dès le lendemain de ma première visite, il fallut reprendre le train ordinaire. En passant sous ma fenêtre, il m'engagea à me promener ; j'y fus, et il me tint deux heures dans le jardin. Ce jardin nous tuait tous de fatigue dans les commencements de notre établissement à Longwood.

Avant le dîner, il ne faisait pas asseoir ces messieurs ; ils étaient

(1) 18 juin 1816.

quelquefois prêts de se trouver mal. Le général Gourgaud s'appuyait contre la porte : je l'ai vu pâlir en regardant la partie d'échecs.

L'Empereur ne jouait pas très bien ; il voulait que l'on jouât si vite, qu'on en était étourdi ; aussi faisait-il parfois des fausses marches et l'on ne manquait pas de l'en avertir. Alors il disait : « *Ah ! je suis donc un tricheur ; Bertrand* (ou un autre), *dit que je suis un tricheur.* »

Quelquefois, il établissait pièce touchée, pièce jouée, mais c'était seulement pour son adversaire ; pour lui, c'était différent. Il avait toujours une bonne raison pour que cela ne comptât point, et si on lui en faisait l'observation, il riait..... La partie d'échecs menait jusqu'au dîner, qui était à huit heures.

Le dîner n'était pas long. Dans les commencements, nous n'avions pas le temps de manger ; par la suite, il devint ce qu'il devait être.

Depuis notre établissement à Longwood, je voyais l'Empereur et l'entendais avec un intérêt qui s'accroissait chaque jour de toute l'admiration et de tout l'attachement que son caractère, son génie, tout en lui, enfin, inspirait. S'il est vrai, en général, que les rois, comme les montagnes, soient bons à voir à distance, il n'en était pas ainsi de lui ; plus on le voyait, plus on l'aimait.

Nous étions au moment des pluies ; le temps sur notre plateau était désagréable et humide ; on passait beaucoup de temps au salon. L'Empereur cherchait à arranger sa journée de la manière qui ferait le mieux passer le temps.

Souvent après le dîner, au lieu de rentrer au salon, on renvoyait les domestiques ; il demandait alors un livre et lisait haut ou causait ; les jours de causerie m'amusaient beaucoup plus que ceux de lecture. Alors, suivant le sujet amené par la conversation et tout à fait au hasard, il faisait passer devant nous le tableau de sa vie ; quelquefois, c'étaient les premiers temps, et c'était avec une grande naïveté d'expressions. Pour en donner une idée, je prendrai au hasard une anecdote.

« Pendant que j'étais officier d'artillerie en garnison à Auxonne, tenez (se tournant vers moi), avec Rolland (1), votre parent, Mabille, Malais, mon jeune frère Louis me fut envoyé par ma mère ; comme je

---

(1) Baron Rolland de Villarceau, dont la mère était née Vassal, cousin germain de la comtesse de Montholon. — Du C.

n'avais que ma paie, c'était pour moi un grand surcroît de dépenses. Je voulais qu'il dînât avec moi à la table des officiers, et pour cela j'étais obligé de me priver du déjeuner, comme je le faisais ordinairement, et de me contenter d'un petit pain et d'une tasse de café. Je tenais cela de Madame, ajoutait-il : elle nous avait élevés dans l'idée qu'il fallait savoir manger du pain noir au logis, pour soutenir au dehors son rang et sa position. Ah ! une mère, nous disait-il encore, c'est toute l'éducation d'un homme ! Madame était au-dessus des vicissitudes des révolutions. Pendant la guerre de Paoli, elle avait vu deux fois sa maison brûlée et elle avait été obligée de se retirer à cheval, avec ses enfants, dans les montagnes. »

Il avait une haute estime pour le caractère de sa mère ; il assurait qu'il lui avait dû des principes d'honneur et de fierté de conduite qui lui ont beaucoup servi dans les commencements de sa vie. Aussi pensait-il que la première éducation vient de la mère, et il disait à ce sujet : « Les premiers principes que l'on reçoit de ses parents, que l'on suce avec le lait, vous laissent une empreinte ineffaçable. »

Il avait, comme l'on sait, de grandes préventions en faveur de la noblesse ; il le savait et me disait à ce sujet qu'il avait voulu s'en rendre compte ; car enfin, ajoutait-il, « le sang est un préjugé sous le rapport du mérite que l'on en reçoit », et il l'expliquait par les premières habitudes de l'enfance, celles qu'on a eues sous les yeux en naissant, manières, usages, principes. « C'est sous ce rapport, me disait-il, que l'on peut dire avec raison qu'un homme est bien ou mal né. » Il se plaisait dans le souvenir des temps où il était sans fortune, et à entrer dans les détails de la manière dont il vivait pour ne jamais faire de dettes.

Assis autour de cette table, à 2,000 lieues de la France, l'Empereur nous racontant sa vie, il me venait à l'idée que nous étions peut-être dans l'autre monde et que j'entendais les *Dialogues des morts*. Pendant ce temps, les bougies coulaient par l'extrême chaleur, les cousins nous piquaient, et l'on étouffait malgré que les fenêtres fussent ouvertes, ce qui me ramenait sur terre.

Quand il causait aussi des événements de son règne, il aimait que l'on discutât franchement les questions, et si l'on émettait une opinion contraire à la sienne, n'importe sur quoi, il fallait qu'elle fût motivée ; il s'amusait sur le sujet qu'il traitait et n'était pas content qu'il n'eût persuadé. S'il disait sur un fait quelque chose que l'on ne croyait pas, il le voyait de suite, bien que l'on n'eût pas proféré une parole; alors il riait et il ajoutait : « *Ah! Monsieur le Grand Maréchal (ou un autre) ne croit pas cela.* »

J'en citerai un exemple : Parlant un jour des fantaisies qu'on lui avait prêtées pour des actrices, il citait entre autres une jeune débutante qui était venue aux Tuileries pour une représentation dans l'intérieur. Le bruit avait couru qu'au moment où elle allait rejoindre sa mère pour retourner chez elle, les arrangements avaient été pris par le grand maréchal Duroc pour qu'elle se trouvât seule dans la chambre de l'Empereur. On avait prétendu que le lendemain il portait des égratignures, marques de la colère et de la vertu de la jeune fille. « *Il n'y avait pas eu un mot de vrai,* » ajoutait-il.

J'avais apparemment souri d'un air d'incrédulité; il s'interrompit et venant à moi : « *Ah! milady Montholon ne croit pas cela, je suis donc un menteur;* » et il riait alors si franchement qu'il nous faisait tous rire. Mais s'il tenait à nous persuader, il donnait dans ce cas tous les détails possibles sur le fait, sur les causes, jusqu'à ce qu'il vît bien que l'on était persuadé, convaincu.

Les jours de lecture, il commençait par dire : « *Qu'est-ce qu'il faut lire aujourd'hui?* » En général, on répondait : Une tragédie. Il voulait alors que l'on en indiquât une; chacun nommait celle qui lui convenait; mais celles qu'il préférait et qu'il nous lisait avec d'autant plus de plaisir qu'il en savait de grandes tirades par cœur, c'étaient : *Cinna*, *le Cid*, *la Mort de César; Athalie* ne lui plaisait pas, ce qui tenait au sujet; *Mithridate* était aussi de son répertoire habituel, ainsi que *Zaïre*. Il avait pris pendant quelque temps cette *Zaïre* dans un tel goût, qu'elle revenait continuellement et nous en étions fatigués. Je ne puis dire l'effet désagréable que j'éprouvais lorsqu'on demandait cette éternelle *Zaïre*, et lui pensait au contraire que ce sujet devait plaire à une femme. J'avais décidé avec le général Gourgaud que, si le goût n'en passait pas, nous prendrions le volume.

L'Empereur lisait agréablement, mais il n'avait pas l'oreille poétique; il ajoutait souvent à un vers une ou deux syllabes et ne s'en doutait pas ; le livre sous les yeux, il échangeait un mot et toujours de la même manière; jamais, en lisant *Cinna*, il n'a dit autrement que : « Sylla, soyons amis, Sylla! » Il lisait sans la moindre déclamation.

Si un vers, une tirade lui plaisait, il s'arrêtait, réfléchissait, exprimait ce qu'il sentait et motivait son opinion ; le jugement qu'il portait prouvait toujours son tact et son bon goût.

La lecture était souvent interrompue par ses réflexions, et alors une discussion de littérature la remplaçait.

Il blâmait l'usage de nos grands poètes d'introduire dans leurs sujets un amour inutile qui, souvent, ne peut s'accommoder avec le caractère du héros, et qui, loin d'augmenter l'intérêt, l'affaiblit. « L'amour, disait-il, est une passion qui ne peut être traitée dans les sujets dramatiques que comme sujet principal et ne doit jamais l'être comme accessoire. »

Dans *Zaïre*, il est sujet, et cette passion développée dans cette tragédie lui plaisait extrêmement. Mais cette reine Viviate dont Sertorius est amoureux, l'Emilie de *Cinna*, même le personnage de Palmyre dans *Mahomet*, si contraire aux mœurs arabes, l'Idamie de *l'Orpheline de la Chine*, ces personnages hors-d'œuvre, ces amours postiches, lui donnaient de l'humeur.

Il jugeait sainement, avec âme, et toujours d'une manière intéressante.

Ses lectures du jour faisaient souvent aussi le sujet de la conversation.

Il aimait que l'on connût l'ouvrage dont il s'occupait dans le moment et à en discuter.

Sans qu'il eût auprès de lui des savants diplômés, avec les généraux Bertrand, Gourgaud, Montholon et M. de Las-Cases, il pouvait causer sur tous sujets, sûr d'être compris. A part les connaissances spéciales de chacun, il trouvait toujours l'instruction générale suffisante.

Pendant son règne, il avait eu peu le temps de lire. Il y avait suppléé de son mieux en s'entretenant de littérature avec des hommes compétents, surtout avec M. Lebrun (1), l'architrésorier, au juge-

---

(1) Lebrun, duc de Plaisance (1739-1824), fut successivement député aux Etats généraux, prisonnier sous la Terreur, membre du Conseil des Cinq-Cents, deuxième consul après le 18 Brumaire, architrésorier de l'Empire, administrateur général de la Hollande, pair de France sous Louis XVIII et, quelque temps, grand maître de l'Université.

Il était très lettré et bon écrivain. — Du C.

ment et au goût duquel il accordait confiance ; aussi nous disait-il souvent avec ingénuité : « *Lebrun me disait*..... » Il lui avait dit, entre autres choses, « qu'il n'y a d'éloquent que ce qui est vrai de pensée ». « *Mais cependant*, ajoutait l'Empereur, *on ne peut nier que Rousseau ne soit éloquent, et pourtant Lebrun déclarait que Rousseau était un sophiste.* »

A Sainte-Hélène, il trouva grand plaisir à reprendre des ouvrages qui lui avaient plu dans sa jeunesse, aimant à juger de la nouvelle impression qu'il en éprouverait. Il s'est beaucoup occupé de littérature à Longwood ; la philosophie a été aussi passée en revue.

Le *Cours* de Laharpe lui plut ; il m'en disait : « *C'est le jugement de la raison;* » et, en parlant des ouvrages de Voltaire : « *C'est le livre de l'esprit.* »

Il n'aimait pas Buffon, non qu'il ne le trouvât pas grand écrivain, mais à cause des sujets traités par cet auteur, qui n'avaient aucun rapport avec ses pensées habituelles. L'histoire naturelle, les animaux surtout, ne l'intéressaient que médiocrement.

Il avait une manière de lire à lui, passant tout ce qui était remplissage. Je l'ai entendu me dire sérieusement qu'il avait lu tout Lebeau (1) en trois jours. A quoi je répliquai : « Oui, Sire, comme le dit l'abbé de Pradt. » — « *Avec le pouce, n'est-ce pas?* » répliqua-t-il.

Quelle que fut sa manière, le fait est qu'il s'appropriait tout ce qu'il lui fallait d'un ouvrage et, après l'avoir lu ainsi, il le savait à l'analyser. Il portait à ses lectures toute l'ardeur dont il était susceptible.

Je crois avoir déjà dit que ce qu'il venait de lire faisait souvent le sujet de la conversation. Il aimait que l'on connût l'ouvrage.

Un jour qu'il avait fait erreur sur un fait historique, il me dit vivement : « *Je n'ai jamais appris que ce qui m'était utile. Quand vous voulez savoir si je sais une chose, il faut seulement vous faire cette question : Cette étude a-t-elle pu lui servir ?* »

Il avait naturellement le goût du vrai et du beau. Dans les ouvrages de littérature légère, il voulait la simplicité, la peinture vraie et naïve des sentiments.

Quand il nous lisait l'*Odyssée*, après dîner, il était dans l'enchante-

---

(1) Lebeau, humaniste et historien (1701-1778), a écrit l'*Histoire du Bas-Empire depuis Constantin*, en vingt-deux volumes. — Du C.

ment. Les détails du retour d'Ulysse, la reconnaissance avec la nourrice, lui faisaient venir les larmes aux yeux. Il s'arrêtait et disait avec son heureux sourire : « *Ah ! que c'est beau ! comme c'est bien là le cœur humain !* »

Son émotion était si sincère, si empreinte sur ses traits expressifs, qu'il eût été impossible qu'elle ne fût pas partagée par les assistants.

Et l'on a cru que ce cœur était de glace, insensible à tout ce qui ne flattait pas son ambition, son égoïsme ; qu'il ne visait à gouverner les hommes que pour s'en servir comme de machines à succès !

Si ceux qui l'ont tellement méconnu avaient passé un seul mois à Longwood, s'ils l'avaient entendu exprimer simplement ce qu'il sentait, s'ils l'avaient vu jouer avec nos enfants, s'intéresser à leur conversation naïve, à la fable qu'ils avaient apprise le matin, ils auraient changé d'opinion et reconnu dans le grand homme une incontestable bonté.

Non seulement, il n'était pas méchant, mais, je puis l'affirmer, la dureté, chez lui, n'était pas native. Il ne mentit pas en me disant un jour « *qu'il avait été obligé de se faire une écorce de dureté apparente qui imposât, pour ne pas être entraîné par son cœur à céder aux instances et à accorder pardon, alors qu'il devait punir* ».

Les larmes d'une femme, lorsqu'un noble motif les faisait couler, avaient sur lui un empire extrême. J'en ai eu plusieurs fois la preuve.

Tout le monde comprend que Napoléon ait excité l'enthousiasme : ses adversaires même le trouvent tout naturel ; mais on ne s'explique pas généralement la sympathie qu'il inspirait, le dévouement exalté de ceux qui l'ont connu, l'inviolable fidélité qu'ils gardent à sa mémoire.

Depuis que ma destinée m'avait placée près de lui, j'ai pénétré le secret de son influence morale sur son entourage.

C'était cette âme susceptible de tout noble sentiment qui ressortait dans l'expression, le geste, le regard ; un mot senti sur la question du moment qui imprimait dans le cœur de celui qui se trouvait en rapport avec lui quelque chose d'ineffaçable.

Un instant avait suffi pour qu'il y eut communication intime. Aussi est-il toujours présent, pour ainsi dire, à quiconque a vécu dans son intimité.

Parlez de lui aux ducs de Bassano, de Rovigo, de Vicence, au général Drouot et à tant d'autres. Pour eux, il est resté vivant, ils le voient, ils l'entendent.

Il n'y a que le magnétisme de l'âme qui puisse avoir une telle puissance. C'est la baguette magique qui change les hommes et les choses.

A Longwood, il y avait de plus l'intérêt de la situation.

On l'a représenté comme un homme exclusivement ambitieux et égoïste.

J'ai toujours entendu dire qu'il faisait tout céder à sa politique; mais il sentait trop vivement, il était trop passionné pour réussir à se dominer constamment. Il était même très sujet aux entraînements du moment, et peut-être plus qu'un autre homme.

S'il eût toujours agi par calcul, comme on le suppose, il n'eût pas fait les fautes qu'il a commises; car, certes, il ne péchait pas par défaut de jugement!

Il savait sans doute cacher ses projets, ses impressions; mais je dirai qu'il ne pouvait se vaincre au point de dissimuler longtemps.

Ce n'était pas dans sa nature; il était, au contraire, trop en dehors.

Je citerai un exemple de son opinion sur lui-même à cet égard.

Un jour qu'il se trouvait avec M. de Montholon à la fenêtre de sa chambre à coucher donnant sur le jardin, je passai pour aller me promener.

L'Empereur m'appela et j'entrai dans le petit jardin, lui toujours à la fenêtre.

Il engagea une conversation dans le cours de laquelle il me dit une chose qui me déplut, et je le quittai plus tôt que je n'aurais fait sans cela; peut-être trop brusquement.

L'Empereur le remarqua et dit à M. de Montholon : « *Elle me boude; qu'est-ce qu'elle a?* » — « Mais, Sire, c'est sans doute parce que vous lui avez dit telle chose. » — « *Vous croyez que ça l'a fâchée*, reprit-il; *eh bien! voilà comme je suis; je blesse toujours sans mauvaise intention.* »

Il comprenait ce défaut de son caractère; mais il n'a jamais pu s'en corriger, quelque intérêt qu'il y ait eu, parce qu'il satisfaisait sa passion du moment. N'est-ce pas l'opposé de la dissimulation?

Cependant, il faut dire que dans le froid de la réflexion, s'il pensait devoir dissimuler, il le faisait avec succès.

Pour moi, j'ai toujours trouvé qu'il était facile de juger quand il était vrai ou non. Si une corde sensible était touchée en lui, il fallait ne pas le connaître pour s'y laisser tromper.

Je dirai même qu'il avait une sorte de laisser-aller, une intempérance de langage qui ne s'allie pas avec la fausseté.

Ainsi, dans cette vie monotone de Longwood, il aimait à savoir les plus petits détails de nos intérieurs, à recueillir toutes les nouvelles du camp et de la ville, qui n'étaient, pour l'ordinaire, que de faux rapports.

Je n'ai jamais pu me soumettre à apprendre et à redire tous les caquets de l'île; aussi me disait-il toujours que je ne savais rien.

D'ailleurs, quand on lui répétait quelque chose qui en valût la peine, que l'on tenait d'une personne du camp ou de la ville, il ne manquait jamais de vous nommer, ainsi que l'auteur de la nouvelle.

Il en résultait que c'était redit; or, cela compromettait les intéressés. Ils encouraient, de ce fait, la disgrâce du gouverneur, qui ne tolérait pas que l'on frayât avec nous, et surtout qu'on nous informât de la moindre chose qui pût nous intéresser.

Par suite de cette indiscrétion de l'Empereur dans les petites choses, on en vint à ne plus rien nous raconter.

Si l'Empereur s'est fait beaucoup d'ennemis par sa mauvaise habitude de se laisser aller à dire ce qui pouvait blesser, il avait au moins, comme les hommes supérieurs, un esprit de justice qui lui faisait trouver tout simple qu'on lui répondît avec noblesse quand il avait offensé.

Je puis dire que je lui ai souvent répondu de la manière la plus forte; il ne m'en a jamais su mauvais gré. Il disait alors à M. de Montholon : « *Elle m'a dit des choses bien sévères; mais c'est le droit des femmes.* »

On a dit encore que l'Empereur était très méfiant. C'est sans doute parce qu'il a été souvent trompé; mais je crois qu'il était naturellement plutôt trop confiant. Je sais qu'il était très impressionnable et qu'il revenait difficilement sur le premier jugement, favorable ou défavorable, qu'il avait porté. Sur le trône, où il n'avait pas les moyens ni le loisir de contrôler ses impressions, il devait s'en tenir à son idée première.

A Longwood, il a eu le temps de connaître ceux qui l'entouraient et il m'a souvent dit que cette étude lui avait donné une nouvelle expérience.

Au début de notre séjour, il avait sur quelques personnes des préventions diverses qu'il a perdues par la suite. Les circonstances lui avaient permis de constater qu'il s'était trompé d'abord.

Les fournisseurs qui dévoraient la fortune de la France avant l'avènement de Napoléon lui avaient inspiré une sainte horreur; aussi ne manquait-il pas l'occasion de déblatérer contre ceux qu'il appelait les « *gens à argent* ».

Il confondait dans son anathème tous les hommes d'affaires, bons et mauvais, honnêtes et fripons.

En outre de ses légitimes griefs contre les spéculateurs, il avait peut-être gardé rancune aux capitalistes de Paris qui lui avaient refusé des avances après le 18 Brumaire. Et puis les financiers constituant une classe éclairée, très indépendante et très influente, qui n'a pas besoin des faveurs de la Cour, il ne parvint jamais à les séduire et à les dominer.

Si le cœur de Napoléon a été généralement incompris, son état d'âme n'a pas été mieux jugé. Il n'était pas, comme on l'a cru, profondément incrédule, ni sceptique de parti pris.

Il nous a dit souvent : « *Il y a un sentiment inné dans le cœur de l'homme qui le porte à croire. Il est impossible qu'il ne se dise pas sans cesse : D'où suis-je venu? Où vais-je?* » Et il ajoutait avec un accent ému : « *Personne ne peut dire : je ne serai pas dévot.* »

Séparé tout jeune de sa famille et complètement dépaysé, il avait naturellement subi l'influence des milieux et des événements.

La philosophie du XVIIIe siècle avait séduit son esprit d'autant plus facilement que sa raison orgueilleuse se raidissait contre les mystères. D'ailleurs, comme presque tous les hommes de son temps, il avait rompu, dès sa jeunesse, avec la pratique de la religion. Pourtant, il avait gardé l'empreinte de sa première éducation et de la foi de son enfance. Il était resté chrétien et catholique au fond du cœur.

Il s'est beaucoup occupé de religion à Longwood. Il a lu l'*Ancien Testament*, tous les *Evangiles*, les *Actes des Apôtres*. Il professait une grande admiration pour saint Paul.

On a prétendu qu'il avait un faible pour la religion de Mahomet.

Il est vrai que sa répugnance à croire ce qu'il ne pouvait comprendre, unie à sa foi profonde en l'existence de Dieu, concordait avec le système des mahométans : « *Ce qui me plaisait dans cette doctrine*, nous disait-il, *c'est qu'il n'y a pas de dogmes. Dieu est grand, Mahomet est son prophète, en est le résumé.* » De là à avoir la foi musulmane, il y a loin.

D'ailleurs, il aimait les mœurs arabes et leur usage d'enfermer les femmes lui souriait assez, son humeur despotique voyant de mauvais œil l'influence qu'elles exercent dans la société.

Ce sentiment naquit de la crainte qu'il avait conçue d'être dominé par les femmes.

Il était, nous a-t-il dit souvent, très porté à aimer. Il ne voulait pas se laisser maîtriser. Il voyait dans la femme un ennemi fortement armé contre lui et d'autant plus redoutable qu'il paraît plus faible.

Il avait été frappé de l'empire que la passion de l'amour peut prendre sur les hommes du caractère le plus fort.

« *J'ai vu*, disait-il, *Berthier pleurer comme un enfant, dans sa tente, en Egypte, devant le portrait de Mme X..., et n'être plus alors qu'une poule mouillée, bon à renvoyer en France. Murat est arrivé vingt-quatre heures trop tard où je l'attendais pour s'être oublié, à Venise, dans les jardins d'Armide.* »

L'Empereur ajoutait que, depuis, son opinion s'était modifiée ; qu'il avait été très frappé de la haine et de l'acharnement de quelques femmes contre lui, en 1814 et 1815.

Il convenait qu'il avait eu grand tort de s'en faire des ennemies, qu'il aurait dû causer plus souvent avec elles de choses sérieuses.

A son retour de l'île d'Elbe, il en vit de près quelques-unes, entre autres Mmes de Bassano, de Rovigo, Regnaud, et eut occasion de traiter avec elles des sujets importants : « *J'ai été étonné*, me disait-il, *de leur intelligence et de l'énergie de leurs sentiments pour ma cause.* »

Pendant longtemps, il n'avait voulu voir dans les femmes que des poupées dociles ; mais il avait fini par reconnaître qu'elles sont bien ce qu'elles doivent être, les dignes compagnes de l'homme. Les grands intérêts de la politique les touchent de trop près pour qu'elles y soient indifférentes.

Quand l'Empereur était sur le chapitre de son ami Mahomet, je lui disais qu'il avait manqué sa vocation ; qu'il aurait dû naître sur un trône d'Orient ; que tout y eût été dans son génie et que, si je croyais à la métempsycose, je ne douterais pas que son esprit n'eût animé jadis le corps de Gengis-Khan ou celui de Mahomet ; que sa volonté eût été la seule loi de l'Etat et que c'était bien là ce qu'il lui fallait. Loin de se fâcher, il riait de son bon rire.

J'ai déjà dit quelle était l'aménité de l'Empereur à notre égard. Tous les témoins de sa vie à Sainte-Hélène lui rendront cette justice. Ce fut grâce à ses qualités aimables que nous pûmes tous supporter avec sérénité les tristesses de notre situation, les gênes de la vie commune et garder même une douce gaîté à Longwood pendant ces journées si longues et si monotones. C'est à lui, je le répète, que nous fûmes redevables de cette disposition constante dans ce lieu d'exil. Je ne fais ici que rendre à César ce qui appartient à César.

Et comment se plaindre? Quel exemple des vicissitudes humaines nous avions sous les yeux !

Celui que la France ne pouvait contenir ; ce génie actif qui, tourmenté du besoin de créer, enfantait des projets dont les effets étonnaient le monde et ébranlaient la vieille Europe jusque dans ses fondements, était maintenant prisonnier dans un espace de quelques milles, dans une île de 6 lieues de tour, dont les neuf dixièmes lui étaient interdits !

Je m'arrête. Qu'importe la hauteur de la chute, puisque la force d'âme de Napoléon le mettait au-dessus du malheur, des persécutions, de l'insulte, plus cruelle encore ! Napoléon à Sainte-Hélène, luttant avec résignation et constance contre des maux que des vengeances, longtemps retenues, avaient enfin amassés sur sa tête, Napoléon, sur le triste roc, est plus grand, à mes yeux, que le conquérant assis sur l'antique trône de France, ôtant et distribuant des couronnes.

Peut-être, s'il eût pu dire : J'ai fait des rois et je n'ai pas voulu l'être, serait-il encore le chef des Français.

Quand on connaît le caractère de l'Empereur, son activité, son besoin d'agir, et qu'on le considère enfermé, au moral comme au physique, dans d'aussi étroites limites, il serait permis de croire que ce feu sans aliments devait le consumer, au moins le rendre difficile dans sa vie d'intérieur. Cependant, il n'est aucun de nous et de ceux qui l'ont approché habituellement, tel que le docteur O'Méara qui a été à même d'en juger, puisque, chaque jour, il passait des heures entières avec lui, qui ne puisse témoigner de sa constante liberté d'esprit, de l'intérêt qu'il prenait à tout, et je puis dire, même avec vérité, de la fraîcheur, de la naïveté de ses impressions.

Il ne faisait point parade de force d'âme, il ne jouait aucun rôle. C'est parce qu'il était toujours lui, toujours vrai, que la vie était si facile, si douce, même avec lui.

Je ne l'ai jamais vu s'attrister à la pensée de sa chute. C'étaient plutôt les tracasseries du moment, dont on le tourmentait si inutilement, qui lui causaient des mouvements d'humeur.

S'il se trouvait mal disposé, il cherchait la plus simple distraction, et il était facile de l'égayer et de l'intéresser. Un rien l'amusait ; une lecture au sujet d'une conversation que l'on amenait, un mot dit à propos pouvait suffire.

FIN.

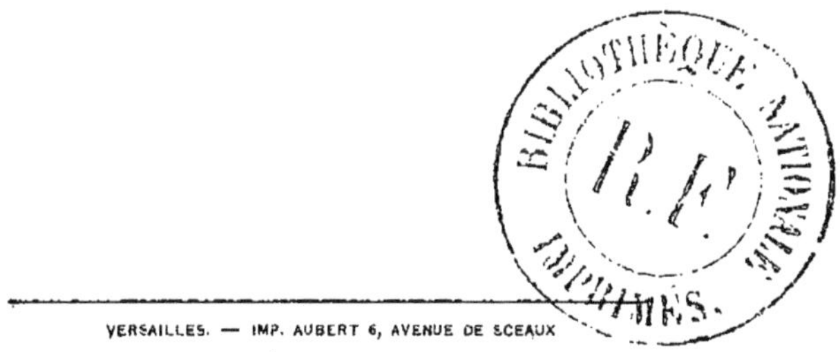

VERSAILLES. — IMP. AUBERT 6, AVENUE DE SCEAUX

www.ingramcontent.com/pod-product-compliance
Ingram Content Group UK Ltd.
Pitfield, Milton Keynes, MK11 3LW, UK
UKHW012251240726
13966UKWH00004B/1378